双葉文庫

消えた少女

吉祥寺探偵物語

五十嵐貴久

目次

Part 1　猫捜し

1

ハモニカ横丁で飲んでいたら、夜が明けた。

「川庄《かわしょう》さーん、飲んでるう?」

オカマの京子《きょうこ》ちゃんが叫んだ。

「飲んでる飲んでるぅ」

おれはジミー大西のように頭を搔《か》きむしりながら、今夜十杯目のウーロンハイに口をつけた。いいかげん酔っ払っているが、まだまだ飲める。

朝五時、チャチャハウスのカウンターにはいつもの常連が並んでいた。乾杯、とグラスを高く掲げた。

「川庄さーん、あたしの男になってよ」

京子ちゃんがおれの肩に頭を乗せる。そろそろ酔ってきたな、と思った。

「考えときます」

何でよ、と京子ちゃんが優しく吠えた。

「吉祥寺中捜したってこんないい女いないよー。あたしはいいの。いつでもあなたの女になる。あたし、尽くすよー。何だって言われた通りにしちゃう」

京子ちゃんのことを改めて見た。京子ちゃんは、同じハモニカ横丁の一角にあるオカマバーを経営している。

年齢はいくつなのだろう。二十代にも見えるが、四十代と言われても納得できる。そして、笑えるほど不細工だった。

ガタイもいい。身長百七十五センチのおれから見て、ヒールつきではあったが五センチほどでかかった。

「なめろって言われたら、どこでもなめちゃう」

嫌だあ、と言いながらおれのことを平手で張った。誰も要求していないのに勝手に下ネタを言い、一人で喜んでる。

「ねえ、どうよ。お金もあるし、店もあるし。川庄さん一人ぐらい養っていけるんですけど」

「金はさあ……まあ何とかなってるし」

「ウソつき。コンビニのバイトのくせに」

確かに、おれはコンビニエンスストアでバイトをしている。三十八歳という年齢にふさわしくない職種かもしれないが、働き始めて三年経《た》っていた。

「気に入ってるんだって」

「ウソお。コンビニなんかつまんないじゃん。楽しいわけないじゃん」

「楽しいって。客との触れ合いもあるし、いろんなことが起きる。意外と奥が深いんだよ」

「お客様との触れ合いだったら、うちのお店にもあるよお。触れ合いなんてもんじゃない、もっと濃厚なスキンシップがね」

あははー、と京子ちゃんが笑う。それはルーティンな会話だった。知り合ってから三年が経つが、京子ちゃんは最初からそんなことを言っている。

京子ちゃんがおれにひと目惚れしたというのは事実らしい。あたしは身持ちの固い女だけど、川庄さんだったらいつでもあげると言うのが口癖だ。何をあげるつもりなんだ、お前は。ていうか、欲しくないんですけど。

正直に言うがおれはそんなにモテない。若くして結婚していたから、実は経験もあまりない。

ただ、昔からオカマと子供と犬だけにはよくなつかれた。おれにはそういう魅力があるらしい。

京子ちゃんがおれの手に自分の手のひらを重ね合わせた。指を絡《から》めようとする。かわして、グラスに手を伸ばした。

「飲んでますか、センセー」

カウンターで京子ちゃんの向こう側に座っていた老人に声をかけた。七十歳ぐらいだろう。奥さんを同伴している。

元は作家か編集者だったらしい。どういうことなのかはよくわからないが、毎日この店に夜中に来ては朝方まで奥さんと二人で飲んでいる。元気な年寄りだ。

「飲んでますよ」

「いただいてます」

老夫婦がおれに挨拶した。品のいい二人組だった。

この二人ともおれは長い。やはり三年越しのつきあいになる。

毎日会うから挨拶をするのだけれど、老夫婦の名前は知らなかった。それでも親しみを感じるのは、同じ店に通う常連だからなのだろう。

「泉《いずみ》ちゃんも飲んでる？」

おれは隣に座っていた女子大生に声をかけた。泉ちゃんといって、成応大学の学生だという。

いつも文庫本を読んでいる。時々話すことはあったが、おとなしい子だった。

「二杯目です」

泉ちゃんが言った。彼女がどういう学生生活を送っているのかは知らない。

チャチャハウスのマスターによると、泉ちゃんは夜中の十二時から朝の五時過ぎまで毎日この店に来ては、ウイスキーの水割りを三杯飲んで帰っていくそうだ。友達はいないのだろうか。いないんだろうな。

よお、川庄、とイタリアンスーツを着た細身の中年男が声をかけてきた。隣りに背の低いパンチパーマの若い男が控えている。

中年男は佐久間《さくま》といって、早い話がヤクザだ。吉祥寺にもヤクザはいて、おれはあまり好きではなかったが、佐久間はちょっと別だった。理由があるのだが、今は触れない。

佐久間もチャチャハウスの常連だったが、なぜこの男が通ってくるのかはわからなかった。佐久間はアルコールを飲まない。いや、飲めないのだ。

オーダーするのはアイスミルクと決まっている。妙な男なのは確かだった。

横にいるのは源《げん》ちゃんといって、キャバクラの呼び込みを生業にしている。ヤクザではなくて、佐久間の組の人間でもないのだが、なぜか二人はいつも一緒にいた。

「ドクターは？」

おれは聞いた。佐久間が薄く笑って、体調不良だそうだ、と答えた。

ドクターというのは氏家《うじいえ》先生といって、吉祥寺でクリニックを開業している内科の医者だ。おれたちと同じく、この店にずっと通っているのだが、医者とは思えないほど体が弱く、クリニックは二日に一度の割合で休んでいた。

「ねえ、こっち向いて」京子ちゃんがおれの袖を引いた。「あたしだけを見て。いいでしょ?」

京子ちゃんは本格的に酔っ払ってきたようだった。いつもの調子だと、次はそろそろ怒り出す頃だ。

背の高いオカマが怒ると怖い。逆らったら犯されるのではないかと思うと本当に怖い。おれは素直に京子ちゃんの方を向いた。

「ねえ、うちの男にならない? 幸せにするからさあ」

「いやあ、遠慮しときます」

「寂しくならない?」京子ちゃんがおれの股間に手を伸ばしてくる。「最近、してないんでしょ?」

「止《や》めなさいって」おれは手を払った。「そこは女房しか触っちゃいけないんだ」

「別れた奥さんに義理立てすることないんじゃないの」

京子ちゃんが言った。苦笑いするしかない。

三年前、女房の由子《ゆうこ》とは離婚していた。正確に言えば捨てられたのだ。

由子は吉祥寺で外科医を開業していたが、そこで働いていた若いスタッフとくっついて、おれと健人《けんと》を捨てた。健人というのはおれたちの息子で、今月四月で十一歳になる。先週小学校五年生になった。

由子の方はどうか知らないが、おれにとって離婚は突然の出来事だった。ある晩、いきなり通告されたのだ。お前は冷酷な野球界のＧＭか。

新しい男ができたこと、その男と暮らしたいと思っていること、ついてはおれと別れたい、申し訳ないけど健人は引き取ってもらいたい。由子はビジネスライクな口調でそう言った。

三日かけて話し合ったが、由子はおれの言葉に一切耳を傾けなかった。もともとそういう性格なのだ。

はっきりしているというか、一度決めたことは曲げない。そういう女だと知っていたし、そういう所が良くて結婚したのだから、言い出したら変えないことはわかっていた。

だから三日で説得を諦《あきら》めた。一週間後、由子は荷物をまとめて出ていった。あっさりとした別れだった。

それ以来、おれはまともに働いていない。女も作っていない。由子から毎月送られてくる健人の養育費とおれがコンビニでバイトして得る金だけを頼りに毎日を暮らしている。

別に贅沢がしたいわけではない。食っていくぐらいの金は何とかなった。

おれが夜中に吉祥寺の町をうろうろするようになったのはその時からだ。昼はバイトで忙しく、夜は健人の世話がある。夜中に遊ぶしかなくなった。

深夜十二時から朝の五時まで、毎日飲んでいる。チャチャハウスはそんなおれの最高の遊び場だった。

「ねえ、うちの男になってよお」

京子ちゃんが虚《うつ》ろな声で言った。ウーロンハイお代わり、とマスターにオーダーする。四月十日、いい感じに爽やかな春の朝五時だった。

2

「いらっしゃいませ」

昼十二時、おれはバイト先のコンビニにいた。吉祥寺駅から十数分ほど離れた井の頭通り沿いにある独立系コンビニチェーン、Q&R井の頭公園店が職場だった。

あの後、六時に家に帰り、健人の朝飯を作った。そのまま起きていて、健人がベッドから出てくるのを待った。

七時、健人がパジャマ姿のままやってきた。おれを見るなり、酒臭い、と顔をしかめる。

「昨日は飲んでない。本当だって」

「安い酒の臭いがする。煙草《たばこ》もひどくない？」

「禁煙して二カ月経つんですけど」

健人が呆《あき》れたようにおれを見た。ツッコむつもりにもなれないらしい。朝飯を食わせてから学校へやった。七時半のことだ。

残り物で朝食を食い、シャワーを浴びた。ベッドに潜り込み、十一時過ぎまで寝た。

その後、このコンビニに働きに来ている。店はおれの家から歩いて三分のところにあった。職住隣接はおれのモットーだ。

六時まで働く。仕事が終われば家に帰る。帰って、今度は夕食を作る。

健人には、六時過ぎまで家に帰ってくるなと言ってあった。家にいる暇があったら、外で遊んでこい。それがおれの唯一の教育方針だった。

子供は遊ぶのが仕事だ。早く家に帰ってテレビなんか見てるんじゃない。

友達は重要だ、と常々言っている。親より大事なものがあるとしたら、それは友達だ。

勉強より遊びの方が重要だ。友達をたくさん作れ。そんなおれの言葉を、今のところ健人は素直に受け入れている。

おれが正しいのかどうかはわからない。将来的にはまずいことも起きるだろう。

実際問題として、健人の成績は悪い。学校におれは何度も呼び出されている。

だが、今はいいじゃないか。世の中にはテストの成績より重要なことが山ほどある。

勉強なんて、必要だと思った時からやり始めればいい。遅いということはないはずだ。

健人は六時半頃帰ってくる。真っ先にするのは飼っている犬にエサをやることだ。

一年前からおれは犬を飼っている。犬種はトイプードルで、名前はプリンという。

飼ってから一年が経つが、いまだにトイレのしつけもできていない。お座りとお手しかできない。

はっきりいって馬鹿犬だが、まあ飼ってしまったものは仕方がない。プリンの世話はすべて健人に任せていた。

その後、二人でおれが作った夕飯を食う。会話はほとんどない。

今日、学校はどうだったか。友達とはうまくやれてるのか。おれからの質問はそのぐらいだったし、健人もまともに答えようとはしない。そういう年頃なのだ。

夕食を済ませてから、仮眠を取る。健人がその間何をしているのかは知らない。プリンの相手でもしているのだろう。

とにかく寝る。三時間寝る。

深夜十二時、健人がベッドに入る。それを見届けてから、おれは夜の町に出る。

いきつけの店で一杯やってから、夜中の二時に京子ちゃんのオカマバーに顔を出す。

京子ちゃんの店に行くようになったのは、離婚直後のことだ。おれが通っていた深夜営業の焼き鳥屋の主人に連れていかれたのが始まりだった。

初めて行った時から、おれは京子ちゃんに気に入られた。彫りが深くて、顔に蔭があって、浅黒いところが好みだという。

お金はいらないから毎日来てほしいと言われると悪い気はしなかった。それで通うことになった。

京子ちゃんの店は三時に終わる。後片付けを店員に任せて、京子ちゃんはおれと飲みに出る。その行く先がチャチャハウスだった。

おれは銀行マンだった。大学を卒業してから、ずっと銀行で働いていた。

由子と出会ったのは、銀行の同僚が開いてくれた合コンで、今でもそうだが、由子はきれいな女だった。現役の医者であるというのが納得できるような、クールな外見の持ち主だった。

由子とおれは話があった。銀行マンと外科医というのは、あまりバランスが良くなかったかもしれないが、何だかんだで結婚した。翌年生まれたのが健人だ。

幸せな結婚生活のはずだったが、別れはいきなり訪れた。由子はあっさりおれと健人を捨てた。人生は理不尽なものだと痛感したおれは、離婚成立後すぐに銀行を辞めた。

家は井の頭公園の近くにある3LDKのマンションだ。慰謝料代わりに由子がおれと健人にくれた。

ローンは由子が支払ってくれている。何しろ医者なので、金はあるのだ。

そういうわけで銀行を辞めたおれは、気ままな暮らしをしていた。いろいろ考えなければならないことがあるのかもしれないが、とりあえず今はいい。しばらくは後回しだ。

今の生活に満足していた。特に大きな不満はない。このまま平和に生きていくだけだと思っていた。

「いらっしゃいませ……って、あれ？」

言いかけて声を止めた。

おれは、アルバイトとして一番年季が入っていた。

ここのバイトはしょっちゅう入れ替わる。学生や主婦のバイトはどうも長続きしない。結果、おれだけが残るかたちになり、気がつけば店長代理という肩書きをもらっていた。

少しだけ時給を上げてもらい、代わりにアルバイトの教育係を押し付けられた。正直、ちょっと迷惑に思うところもある。

「泉ちゃんじゃないの」

コンビニの出入り口のところに泉ちゃんがいた。横に女の子が一人立っている。チャチャハウスの仲間である泉ちゃんがなぜここへ？

こんにちは、と頭を下げた。どうやらおれを訪ねてきたらしい。

どうしたの？　とおれは言った。ちょっと川庄さんに相談が。泉ちゃんが微笑んだ。

3

休憩時間まではまだ間があったが、そこは店長代理なので融通は利く。控室にいた学生バイトに後を任せ、泉ちゃんと女の子をバックヤードに呼び込んだ。

二人とも物珍しそうに辺りを見ている。座って座って、と椅子を勧めた。

「狭いとこだけど、落ち着くことは落ち着くからさ。何か飲む？　煙草も吸えるよ。あ、泉ちゃんは煙草吸わないんだっけ」おれは自分の煙草を取り出した。「お友達は？　やっぱり煙草吸わないの？」

吸いません、と女の子が首を振った。あまり元気のない子だ。ジーンズに白のブラウスと、正直言って冴えない。

「泉ちゃんの友達？」

「大学で同じクラスなんです」

大友真由《おおともまゆ》ちゃん、と泉ちゃんが紹介した。成応なんだと言うと、そうですとうなずいた。

「泉ちゃん、友達いたんだねえ」

「一応」

へえ、とおれは煙を吐いた。二人が視線を交わしている。泉ちゃんが口を開いた。

「ちょっと川庄さんにお願いがあって来ました」

「お願いですか。何でございましょう」

「実は、彼女の飼っている猫が行方不明になったんです」

「猫？」

はい、と真由がうなずいた。自分のバッグからスマートフォンを取り出し、画面をおれに向ける。灰色の猫が写っていた。

「おお、可愛いじゃないの。名前は？」

「チビです。アメリカンショートヘア」

チビねえ。確かに写真の猫は小さく見えた。

「いつからいなくなったの？」

「一昨日です」

「何時頃？」

「わからないんです。ちょうどお昼頃、大学に出かけて、帰ってきたらいなくなっていました。マンションなんですけど、窓が開いてて……あたし、出る時に閉めるのを忘れちゃったみたいで……」

「そこから出ていったと」

「たぶん」

「どこへ行ったのかねえ」

それを調べてもらうために来ました、と泉ちゃんが言った。相談ってそれ？

「そうです」

泉ちゃんがにっこり笑った。笑うとえくぼができる。笑えばそれなりに可愛い。

「猫を捜せってこと？」

「はい。誰か頼める人いないかって彼女に相談されて、それで川庄さんのこと思い出して」

おれがこのコンビニでバイトしていることを、チャチャハウスの常連たちは知っている。京子ちゃんが、そんな仕事辞めて一緒に暮らそうといつも騒ぐからだ。よほど暇そうに見えるのだろう。まあ事実だから仕方がない。

「チビを捜してほしいんです。お願いします」

真由が頭を下げた。いいけど、とおれは煙草を消した。

「迷い猫なんて捜したことないんだ。見つけられるかどうかはわからないよ」

「はい……」

真由が悲しそうな表情になった。おれは女の子のそういう顔に弱い。

「まあ、泉ちゃんの友達なら断れない。捜してみるよ」

ありがとうございます、と二人が揃って頭を下げた。それで、真由ちゃんはどこに住んでるの？

「本町です」

「チビは何歳なのよ？」

「十、十一、十二月……ちょうど一歳ぐらいですね」

「最初から真由ちゃんが育てたわけ？」

「はい。商店街のペットショップで買いましたから。それからはあたしが」

純然たる飼い猫というわけだ。真由ちゃんの雰囲気からいって、十分に可愛がられていたのだろうに。何が不満で逃げ出したのか、おれにはわからなかった。

「じゃあ、いつも家の中で過ごしていた？」

「はい」

「外に出たことは？」

「めったにありません。出る時はいつもあたしが一緒でした」

「外には慣れてない？　人とか、他の動物たちとかにも？」

「そうですね。人見知りする方です」

なんだそれ。猫の人見知りって。まあ、そういうこともあるのか。

「いなくなって二日経ったわけだけど、食事はどうしてるんだろうね」

「さあ……わかりません」

「チビの写真はある？　あと、何か特徴は？」

「写真はここにあります」真由がポーチからプリントアウトされた写真を取り出した。

「背中の真ん中に白い模様があって、ハート型のマークがくっきりと浮き上がって見えます」

「大きいの？」

「これぐらいです」真由が親指と人差し指で丸を作った。「でもチビの体は灰色なので、白いマークは目立ちます。ひと目でチビとわかります」

「ぼくは六時までコンビニで働かなきゃならない。その後は息子に食事を作る必要があって家に帰るから、捜すのはそれからだ。本町と言ったね？　後で真由ちゃんの部屋に行くよ。詳しい住所と携帯の番号を」

脇のテーブルに置いてあったメモ用紙を渡した。

女子大生の電話番号を教えていただくのはいつ以来だ？　うーん、いいかもしんない。

4

六時過ぎ、健人の夕食を作り始めた。今日は豚肉のもやし炒めだった。

六時半、玄関からただいまあ、という健人の声がした。メシメシ、とフライパンを握ったまま迎えに出る。早くない？ と健人が不思議そうな顔をしたので、事情を説明した。

「じゃあ、パパは猫を捜しにいくわけ？」

「イエス」

「一人息子を放っておいて？」

「そういうことになるのかなあ」

心配じゃないの、と健人が真顔で言った。心配だ、とうなずく。

その間、息子は家に置きっぱなしということになる。そんなに簡単に猫が見つかるとは思えないからね。

「夜中まで帰れないかもしれない。十二時には戻るつもりだ。誰が来ても出なくていい。宅配便だろうと何だろうと無視しろ。十二時になったら眠くなくてもベッドに入れ。風呂には入っておけ。歯を磨くのを忘れるな。十二時になったら眠くなくてもベッドに入れ」

「わかった」

「何かあったら携帯に電話すればいい。すぐに帰ってくる」

「まあ大丈夫だと思うけどね。何かあったらすぐ連絡するよ」

健人が大人びた口調で言った。おれは小学校五年生の頃、こんなにしっかりしていただろうか。

駄目な父親に育てられると、子供はちゃんとするものだ。自分がしっかりしていないといけないという防衛本能のような何かが働くのだろうか。

というわけで、七時前に家を出た。目指すは大友真由の家だ。駅から十分ほどのところにムサシノ・プラザというそのマンションはあった。

エントランスのインターフォンで、406と押した。すぐに真由が出た。

ちょっと待ってください、という声と共にオートロックのドアが開く。中に入り、エレベーターに乗った。四階で降りる。すぐに部屋はわかった。

ドアについていたチャイムを鳴らした。こんばんはあ、という声と共に真由が顔を覗かせ、おれは中に入った。

玄関の前に廊下が続いている。左手にすぐ茶色の扉があった。正面はリビングだ。右手は洗面所と風呂らしい。

「いい部屋ですなあ」

「散らかってて……恥ずかしいです」

「チビはどこから逃げ出したわけ？」

たぶん寝室です、と真由が玄関脇の茶色い扉を開いた。大きなベッドにピンクのベッドカバーがかけてある。

「放し飼いにしてるんです」真由が説明した。「あたしがいない時は、いつも家の中を勝手にうろうろしているんです」

窓はこれです、と壁を指さす。マンションの通路に面した小さな窓がそこにあった。

「一昨日学校へ行く時、ついうっかりしてここを開けたまま出てしまって……チビはここから出たんだと思います」

おれは窓を開け閉めした。外の新鮮な空気を取り入れるための小さな窓だ。

人間は出入りできないが、猫ならできる。なるほど、おれがチビならここから逃げるかもしれない。

「それにしても、ここは四階だもんねえ」おれは言った。「チビはここから外に出て行った。それはいい。だけど、その後どうしたんだろう。エレベーターに乗ったか？　まさかねえ」

「四階は隅々まで捜しました」真由が言った。「このフロアには全部で十の部屋があります。あたし、恥ずかしかったけど全部訪ねていって、猫を見ませんでしたかって聞いて回りました。でも、誰も見てないって……」

ふうん、とおれは腕を組んだ。繰り返すようだが、ここは四階だ。逃げ出したということは、チビは四階フロアからどこかへ行ったということだ。いったいどこへ行ったのか。

まさか本当にエレベーターを使って移動したとも思えない。猫がそんなに器用なことをするとは、『世界ふしぎ発見』でもやっていなかった。

「非常階段があるんです」真由が言った。「そこから下へ降りていったんじゃないでしょうか」

なるほど、最後に頼るのは自分の足というわけだ。その非常階段ってのはどこにあるのかな、とおれは聞いた。

「こっちです」

真由が部屋を出た。フロアの端に非常階段があった。

開いていた扉から入っていき、上下に目をやった。階段が続いている。

「ここを降りていったのかな」

つぶやいて、薄暗い階段を降りていった。真由が後からついてくる。足音が響いた。

降りると、エレベーターホールのすぐ脇に出た。

右手にマンションのエントランスがある。チビはここまで降りてきて、自動ドアが開くのを待った。

このマンションにはおそらく四、五十の部屋がある。人の出入りはそこそこあるだろう。しばらく待てば、ここから出ていくこともできたかもしれない。

「そしてここから出ていった」おれは自動ドアを指さした。「一歩出てしまえば、そこからは自由の国だ。誰にも行動を邪魔されない」

「どこへ行ったんでしょう」

「とにかく、この辺を一周してみるよ。真由ちゃんは待っててくれ」

マンションの外に出た。さて、どうしたものやら。

とりあえず歩きだした。八時半。夜の匂いがした。

5

真由の住む本町というのは住宅街で、吉祥寺のメインストリートである北口サンロード商店街に隣接している。住宅街と繁華街。さて、チビはどっちへ行ったのか。

真由は昼過ぎに家を出たと言っていた。聞かなかったが、チビに昼飯を食わせてから出ていったのではないか。

十二時に食事を与えたとするならば、次の食事時間は六時ぐらいだろう。チビはそれを食わずに出ていった。当然、腹を空《す》かせているはずだ。

（喉も渇くだろう）

食事はまだいい。猫が一日や二日食わなかったからといって飢えて死ぬことは考えにくかったが、水は違う。一日飲めなかったら、相当苦しいはずだ。

（水のある場所に行ったか）

そう考えるのが妥当だった。だが、付近に水を飲めそうな場所はない。

十分ほど歩くと、五日市街道に出た。たくさんの車が走っている。

さて、どっちへ行ったか。右か、左か。おれはおれの直感が示すまま、右の方へ足を進めた。

6

それから聞き込みを始めた。空振りの連続だった。

サンロード商店街に入り、片っ端から店々にチビを見ませんでしたかと声をかけていったが、返事ははかばかしくなかった。猫？　見てないなあ。そんな感じだ。

（いったいどこへ？）

聞き込みを続けてうろうろしていたら、九時半になってしまった。商店街の店が閉まる時間だ。

おれは吉祥寺通りに戻り、本町を目指した。猫がどこまで考えられるのか知らないが、チビは出来心で家を出た。だが、時間の経過と共に落ち着いて考えてみると、自分には何もないことに気づいた。

食べる物もない。飲む水すらない。昨日まで自分を守ってくれていた屋根や壁さえなくなっている。

途方に暮れただろう。どうしていいかわからなくなった。

そんな時、何を考えるか。家に帰りたいと痛切に願ったはずだ。

動物ならではの直感で、家の近くまでは帰ってきたのではないか。そこからどうしたか。

そこまで考えたところで、目の前に保育園の看板が現れた。明かりがついている。

「こんばんは」

おれは声をかけた。中から人の良さそうな女の子が出て来て、にっこり笑った。

胸に名札があり、『ふゆみせんせい』と書かれていた。

「保護者の方ですか?」

違います、と手を振った。

「残念ですが、お迎えに来たんじゃないんです。ちょっと捜し物をしてまして」

「捜し物？」

ふゆみはちょっとぽっちゃりしていた。子供に人気がありそうだ。

「実は猫を捜していまして」

「猫？」

こういう猫なんです、と写真を見せた。

「アメリカンショートヘア、色はグレー、名前はチビといいます。一昨日、飼い主の元から逃げ出しまして、頼まれて捜しているんです」

「可愛い猫ちゃん」ふゆみが笑った。「飼い主さんは心配しているでしょうね」

「ええ、とても。チビは生まれながらの飼い猫です。自分で餌を取る術を知りません。二日間、行方がわからなくなっています。ちゃんと食べているのか、水は飲んでいるのか、飼い主は心配していました」

「そうですか……でも、申し訳ないんですけど、あたしは見ていません」

ふゆみが首を振った。仕方ないです、と写真を引っ込める。子供たちに聞いてみましょうか、とふゆみが言った。

「子供たち？」

「うちの園児たちです」ふゆみがおれの返事を待たずに建物の中へ入っていった。「まだ何人か残っているから、聞いてみましょう」

「ここはどういう保育園なんですか」

後を追いかけながら聞いた。普通の園ですけど、とふゆみが振り向く。

「ただ、深夜十二時まで子供を預けることができるんです。帰りの遅い親御さんのために」

「それは大変ですね」

「いろいろ事情がありますからね」ふゆみは笑みを絶やさなかった。「まあ、単純に言えば片親とか」

他人事《ひとごと》ではない。うちも片親だ。大変なのはよくわかった。

「仕事をしているお父さんやお母さんは、遅くなることがありますよね。やむを得ず残業してしまうような……うちの園なら遅くなっても大丈夫というわけです。はい、みんなー」

ふゆみが部屋の扉を開けた。中には子供が四、五人いた。全員が一斉におれを見る。

みんながっかりしたような表情を浮かべた。自分の親が迎えにきたと思ったのだろう。すまん、そうじゃない。

それでも何か感じたのか、子供たちがおれの方に寄ってきた。こんばんは、と言ったが無視された。

「誰？」

一番背の高い男の子が低い声で言った。知らない人と喋っちゃいけないんだよ、と太った女の子が口を尖らせた。そうじゃないの、とふゆみが言った。

「あのね、聞いて。こちらの方はね、猫ちゃんを捜してるんだって」

「猫？」

「おととい逃げ出しちゃったんだって。もしかしたらこの二日、何も食べてないかもしれないの。かわいそうでしょ。みんな見てない？」

「どんな猫？」

男の子の一人が言った。写真を取り出すと、子供たちが手を伸ばしてくる。

名前はチビというんだ、とおれが言うと、チビ、チビ、と子供たちが復唱した。

「色はグレーだけど、背中に小さな白いハートの模様がある。このすぐ近くに住んでいたんだよ。みんな、見てないかな」

男の子の一人が急に列から離れた。部屋の隅にあったおもちゃの方に向かう。その他の子供たちはおれの手から写真を取り、真剣にじっと眺めていた。

「かわいい」不意に女の子が言った。「チビ、かわいいね」

「あのね、うちには犬がいる」太った男の子が口を開いた。「ゴールデンレトリバー。超でかい。すごくおとなしい。カズキより歳とってる」

カズキというのはその子の名前のようだった。そうなんだ、とおれはうなずいた。カズキといつもいっしょにいる、と子供が嬉しそうに笑った。

「いいなあ。ぼくも犬ほしいよ」別の子供が言った。「ずっとママに言ってるんだけど、なかなかうんって言ってくれない。犬、超ほしい」

それから十分ほど、子供たちの話に耳を傾けていたが、結論として誰もチビを見ていないことがわかった。まあ仕方がない。そんなにうまくいくはずがなかった。

おれは保育園を出ることにした。ふゆみが門まで送ってくれた。

「お役に立てなくてすいません」

申し訳なさそうに頭を下げる。

「こちらこそ、遅いのにどうもありがとうございました」

頭をひとつ下げて、保育園を出た。十時ちょうどのことだった。

7

しばらく歩いて、おれは足を止めた。何かを忘れているような気がしていた。

(何だろう)

振り返った。街灯が辺りを照らしている。

おれは今来た道を戻り始めた。早足になっていくのを自分でも止められなかった。

「こんばんは……すいません」

おれは再び保育園の前にいた。さっきと同じようにふゆみが出てきた。

おれを見て、あからさまに不審そうな表情を浮かべている。すいません、と先手を打って頭を下げた。

「どうしたんですか？」

「もう一度だけ子供と話がしたいんです。全員じゃなくていい。一人だけでいい」

「何かあったんですか？」

「どうしても気になるんです。少しの時間だけでいい。話をさせてください」

ふゆみはしばらく迷っていたが、おれの顔を見て何かを悟ったらしく、どうぞと言った。おれはふゆみについて中に入り、さっきの部屋に行った。

あれ？　という顔で子供たちがおれを迎えてくれた。また来てしまったよ。でも君たちに話があるわけじゃない。

「あの子の名前は？」

おれは子供たちの集団から一人だけ離れて立っていた男の子を指さした。旬《しゅん》くんです、とふゆみが答えた。

旬くん、とおれは呼びかけた。こっちにおいで、と手招きをする。周りで他の子供たちが見ている。旬くんという男の子が、おどおどしながらおれの前にやってきた。

「旬くんだね？」

「……そう」

旬がうなずいた。目は合わせない。構わず質問した。

「何歳？」

「四歳」

「おうちはこの近く？」

「うん」

「おじさんは猫を捜している」おれは写真を取り出した。「この猫だ。チビっていうんだ」

旬が下を向く。おれは床に膝をついた。

「知らないかな」

「……しらない」

「正直に言ってくれると助かるんだけどね。本当にチビのことを知らない？」

「……しらない」

「もう夜も遅い。手短に言うよ。おじさんは旬くんがチビのことを知ってると思ってる。間違ってるかな」

旬がふゆみに目をやる。何でしょうか、とふゆみが不安そうな声で言った。

「この子は何かを知っている。チビについて知っている。そうとしか思えない」

ついさっき、おれはここの子供たちに猫を捜していると言った。猫？　と全員が言った。どんな猫なの、と誰もが言った。

当然の反応だろう。基本的に子供は動物が好きだ。

猫がいなくなったと知れば、興味を持つ。どんな猫なのか、どこでどんな状況で行方不明になったのか知りたがる。

だが旬は違った。おれがチビの写真を見せた時、旬だけがそっぽを向いてその場を離れていった。不自然な動きだった。

おれにも覚えがある。誰にも知られたくないことに触れられた時、子供はああいうふうに動く。

「旬くん、きみは嘘《うそ》をついている。本当はチビのことを知ってる。そうだね？」

「しらない」

旬が大声を上げた。おれは首を振った。

「おじさんは怒っていない。嘘をついてることを責める気もない。ただ、チビには飼い主がいて、チビのことを心配して、悲しんでる。チビを自分の手に取り戻したいと願ってる。その人はチビと一年近く一緒にいて、チビのことを愛している。大事に思っている。その気持ちはわかってあげなければならない」

「……ぼく、しらないよ」

「本当のことを言ってくれないかな。きみの気持ちはわかる。猫がほしかったんだね？」

「ほんとうは……犬がほしかった」旬がつぶやいた。「ずっとずっとほしかった。ママになんどもいった。でもだめだって。犬はかえないって」

「それで？」

「猫ならいいって。猫ならおとなしいからマンションでもかえるって。ママはいつもかえりがおそい。つかれたつかれたっていつもいう。ぼくは……ぼくは……」

おれは旬の背中に手をやった。肩が震えていた。

「そしてきみは猫を見つけた。一昨日のことかな？」

「ううん」旬が首を振った。「きのう。きのうの朝」

「どこで？」

「うちのそばの公園であそんでたら、ミルクがいたんだ」

「ミルク？」

「あの猫のこと。ぼくがなまえをつけたんだ」

「ミルクか……いい名前だね。それで？」

「ミルクは、ひとりでうずくまっていたんだ。おいでってよんだ。そうしたらぼくのほうにきた。ぼくの手をなめた。だきあげると、おとなしくぼくの手のなかにすっぽりおさまった。そのままつれてかえった。牛乳をあげてみたら、ごくごくのんだ。なんどもなんどもおかわりした。ぼくは思ったんだ。ミルクはかみさまがくれたんだって。だから、かうことにした。だれかにかわれているなんてしらなかったんだ」

そこまで言って旬が泣き始めた。見つめていたふゆみが旬のことを抱き寄せる。いいんだ、とおれは言った。

「誰も怒っていない。あの猫の本当の飼い主も怒ってはいない。とにかく、きみはこの二日、チビの世話をしてくれた。ご飯をあげ、眠る場所を与えてやった。飼い主は感謝しているだろう」

「ぼくはミルクをぬすんだことになるの?」旬がしゃくりあげた。「おまわりさんがくる? ぼくはつかまっちゃうの?」

「おまわりさんは来ない。きみは泥棒じゃない。大丈夫だ、心配するな。誰もきみのことを怒ったりはしない。さて、それでチビは今どこにいる?」

「ぼくの部屋。ベッドにいる」

「ママは知ってるのかい?」

「ママはしらない。きのうもかえりがおそかったから、まだ話してない」

この子の母親はここへ迎えにくるのかな、とおれはふゆみに聞いた。

「遅くても十二時までには……」

「そうですか。じゃあ待たせてもらうことにしよう。猫を飼い主の元に戻さなければならないけど、その前にこの子の母親と話がしたい」

旬の頭に手を置いた。生きていればいろんなことがある。子供を育てながら仕事をするのは大変だ。何もかもがうまくいくほど、人生は甘くない。

だから旬の母親を責めるつもりはなかった。だが、話す必要はある。

今ここに子供がいる。四歳の男の子だ。

彼は寂しがってる。孤独を感じている。母親にもっと向き合ってほしいと願っている。おれはそれを知ってしまった。

知った以上、伝えないわけにはいかない。大きなお世話だと人は言うかもしれない。その通りだ。おれは頼まれていないことに首を突っ込もうとしている。

だが仕方ない。独りぼっちだと感じている四歳の子供を放ってはおけない。それはおれのルールだ。

京子ちゃんなら、古いというかもしれない。もっとドライにならなきゃと。

その通りだ。おれが頼まれたのは猫捜しで、子供を救うことじゃない。

そしておれには子供を救うことなんかできない。そんなに立派な人間じゃない。

だが、黙ってはいられなかった。おれはこの子の母親と話さなければならない。この子の抱えている孤独について、伝えなければならなかった。

「待とう。ママは必ずここに来る。迎えに来る」

小さな肩を叩く。うん、と旬がひとつうなずいた。

Part2　消えた少女

1

猫捜しの一件は終わった。

保育園であれから二時間ほど待った。旬の母親が現れたのは十二時ちょっと前だった。

おれは母親に何があったか、何が起きているか話した。

何らかの自覚はあったのだろう。自分の息子が寂しさを常々感じていることについて、思うことはあったようだ。素直におれの言葉を聞き、わかりましたと言ってくれた。

その後、旬のマンションに行き、チビを引き取った。チビは元気そうだった。

深夜一時を回っていたが、おれは真由に電話を入れ、チビが見つかったことを伝えて、これから連れて行くと言った。

チビを見て、真由がどれだけ喜んだかについては説明するまでもないだろう。運がよかったんだ、とおれは言った。

実際、おれが何かしたわけじゃない。偶然見つけたようなものだ。

とりあえず、それで片はついた。だが続きがあった。

この件について、京子ちゃんが知ったのだ。京子ちゃんはオカマだから、噂話《うわさ》をさせるとうるさい。

翌日から京子ちゃんはスピーカーと化して、知り合いや友達、店の客に至るまで、おれが猫捜しについて特殊な才能があると吹聴《ふいちょう》して回った。

吉祥寺の町は基本的に平和だ。別に何事があるわけでもない。逆に言うと、猫がいなくなったというだけで大事件として扱われる。

おれはそれを解決したヒーローとして噂の中心人物になっていた。もともとハモニカ横丁でおれを知らない人間はモグリと言われても仕方がないのだが、猫捜しの一件以来、おれは町の有名人として扱われるようになった。

その辺を歩けば店々から声がかかる。おい川庄。ちょっと寄ってけよ。何か食うかい？　お茶でもどうだ？　そんな具合だ。

別に悪いことではないのだが、あんまり言われると面倒臭い。少しだけ芸能人の大変さがわかった。

あまりぺらぺら喋るな、と京子ちゃんに言ったのだが、京子ちゃんはまるで聞いていていなかった。飽きることなく猫捜しの一件を語り続けた。

その結果どうなったかというと、その後一週間の間に二件、ペット捜しの依頼が舞い込んできた。一件は犬で、一件は猫だ。

吉祥寺界隈ではそんなにペットが行方不明になっているのだろうかと思ったが、両方とも京子ちゃんの紹介なので断り切れなかった。おれはペット捜しに奔走することとなった。

結論から言うと、スナックのホステスの飼っていた猫は駄目だったが、薬屋の主人の飼い犬であるマルチーズを見つけることに成功した。

動物を捜すのは辛気臭い作業だ。忍耐力もいる。時間も取られる。報酬がいいわけでもない。

やりたくないというのが本音だったが、マルチーズを捕まえて薬屋の主人のところに連れていくと、生き別れになっていた弟に三十年ぶりに会った男でもそんなには喜ばないだろうと思うぐらい喜んだ。

薬屋はもう五十歳だ。大人が泣いて喜ぶ姿というのを、久々に見たような気がしていた。人の嬉しそうな顔を見るというのは、そんなに悪いもんじゃない。

だからおれは京子ちゃんに、もう勘弁してくれとか、ペット捜しをしている時間なんかないんだとは言わなかった。積極的にやるつもりはないが、頼まれれば受ける。そんなスタンスでいた。

四月も終わりに近づき、ゴールデンウィークが目の前だった。吉祥寺の町はいつものように人で溢《あふ》れ返り、賑《にぎ》やかで、おれの好きな季節を迎えていた。

京子ちゃんが一人の女を連れておれの仕事場までやって来たのは、穏やかな陽気で空には雲ひとつない四月二十日のことだった。

2

「こんにちは、川庄さん」

ああ暑い、と京子ちゃんが言いながら、おれの腕に絡み付いてきた。

店内には客が結構いた。スカートをはいた背の高い男が店員に馴《な》れ馴れしく触っているのを、みんな不思議そうに見ている。

これでも一応は店長代理だ。アルバイトに示しがつかないではないか。

「いらっしゃいませ」

「何言ってんのよ、他人行儀に」

「他人じゃないの」

「うーん、川庄さんの意地悪」

またおれの腕に触れた。もう面倒なので、そのままにしておいた。図に乗った京子ちゃんが腕をおれの肩に回す。

今日の京子ちゃんは、ピンクの花柄のスカートに紫のブラウス、黄色のサマーカーディガン、長い髪の毛は結びもせず、化粧もしていなかった。

率直に言って、変だった。何とかならないものでしょうか。

「悪いけど、仕事中なんだよね」おれは冷たく言った。「話なら夜聞くけど……」

「仕事中なのはわかってる。ゴメンね、邪魔して。用件だけ話したらすぐに帰るから」

しおらしい声だった。京子ちゃんなりに、いい女を演じているつもりらしい。

「ちょっとだけだから。いいでしょ」

京子ちゃんがおれの肩を押す。そのままバックヤードに連れ込まれた。

仕方ない。バイトの学生に後を任せて、どうぞと言った。

「紹介したい人がいるのよ」

京子ちゃんが小さなテーブルに大きな尻を乗せた。結構です、とおれは首を振った。はっきり言わせていただくが、京子ちゃんのオカマ友達に興味はない。

前にもまったく同じことがあった。超いい女だというから、多少期待したのは事実だ。

だが、現れたのは京子ちゃんを二倍不細工にしたような五十歳のオカマだった。それからも何度か友達を紹介したいと言われたが、すべて断ってきた。

「ううん、今回は本当にきれいな人。マジで」

そう言われても信じるわけにはいかない。勘弁してくださいと言ったが、京子ちゃんは勝手に店の出入り口まで戻り、細身の女を連れて戻ってきた。

「紹介させて。柳沼《やぎぬま》純菜《じゅんな》ちゃん。あたしのお友達」

女に目をやった。どうも、とつぶやきながら制服のポケットに手をやる。煙草。一本抜き出して火をつけた。

「川庄です」

おれの声がちょっと掠《かす》れた。そんな目しないの、と京子ちゃんがおれの肩を強く叩いた。

「しっかりしてよ、川庄さん」

「しっかりしてます」

「嘘。だらしない顔しちゃって」

あんまり紹介したくなかったんだよね、と拗《す》ねた。気持ちはわからなくもない。柳沼純菜というその女は、明らかに美人だった。

ただ美しいだけではない。きれいな女なら他にもたくさんいるだろう。だが彼女はそれだけではなかった。

細い肩、白い肌、長い黒髪、頼りなげなその表情。三十八にもなってボキャブラリーの貧困さを露呈したくはないが、要するに超いい女だった。

色気があるというのとはちょっと違う。とにかく放っておけない感じだ。グッジョブ。京子ちゃん、あんたいい人だ。

とにかく、と椅子を勧めた。自分でも情けないが、おれはこういう女に弱い。

二人が腰を下ろす。テーブルを挟んでおれも座った。

「何か飲みます？　コンビニですから、何でもありますよ。お茶にします？　それともコーヒー？　紅茶？」

「わかりやすい男ねえ」京子ちゃんが唇を曲げた。「いいから黙って話を聞いてちょうだい」

わかりました。どうぞ話してください。おれは座り直した。

「柳沼純菜さん、三十二歳」京子ちゃんが口を開いた。「言っておくけど、人妻だからね」

純菜が苦笑した。まあ、そんなものだろう。こんな女を男が放っておくはずがない。だからどうしたというのか。人妻だって何だって関係ない。いい女であればそれで十分じゃないの。

「ご主人は？　お仕事中ですか？」

はい、と純菜がうなずいた。小さな声だった。

「主人は仕事で会社に行ってます」

「あなたも何かされてるんですか」

「いえ、わたしは何も。専業主婦です」

「ご主人のお仕事は?」

「株の売買を……トレーダーです」

それはそれは、とつぶやいた。改めて純菜の格好を見ると、上品な服を着ていた。派手ではないが、質のいいものだということが見てとれた。

オリーブグリーンのニット、明るい茶のスカート、ヴィトンのバッグにフェラガモのパンプス。おれだってそれぐらいは知っている。旦那は金持ちに違いない。

去年の春頃まで、彼女は働いてたの、と京子ちゃんが言った。

「へえ。何をしてたの?」

「ショップの店員。洋服を売ってたの。あたしはその顧客」

京子ちゃんは洋服が好きだ。オカマに似合わずというか、オカマらしいと言うべきなのか、とにかくやたらと服を買う。ピンク系が好きで、可愛いと思ったら迷わず買う。

「純菜さんのお店に通って何年ぐらいかしら。服を選んでくれたり、安くしてくれたり、そんなことがあって仲良くなった。時間が合えばお茶を飲んだりご飯を食べたり。

まあ、そんなに頻繁に行くわけじゃないけど」

「よくこんなのと一緒にお茶が飲めますね」

「こんなのとは何よ」

京子ちゃんが太い声で叫んだ。純菜の頰《ほお》に笑みが浮かぶ。

「仲良くしていただいてます。京子さん、話が面白いから……」

いつも笑わせられて、と純菜が言った。

「でも、一年前にちょっと……トラブルがあって彼女は仕事を辞めたの」京子ちゃんが肩をすくめた。「それからはメールで連絡取り合うぐらいであんまり会ってなかったんだけど、もしかしたら川庄さんが助けてくれるんじゃないかと思って、紹介するから会ってみたらって勧めたの。それでここに来たってわけ」

「ふうん」

おれは目の前に座っている純菜を見つめた。何があったのだろう。

「今日来たのは、そのトラブルに関することですか？」

純菜がちらりと京子ちゃんを見た。

「ねえ、川庄さん覚えてない？　前に新生町で小学生の女の子がいなくなっちゃったことあったでしょ」

覚えてる。おれは基本的に新聞は読まないしテレビも見ない。というかそんな暇はない。だから世の中の出来事にうとく、京子ちゃんにもたまに怒られる。

そんなおれでも少しは記憶にある。ここ吉祥寺で起きた事件だし、同じ子を持つ身として気になった。確かチャチャハウスでも話題にのぼったのではないか。

「あの時の……」おれは言った。「何があったんです？」

沈黙。純菜が目を伏せる。細い肩が震えていた。

「……一年前のことです。ちょうど一年になります」純菜が顔を上げた。「……娘がいなくなりました」

声に涙が混じっていた。お茶でも、とおれは立ち上がった。

3

二人の前に緑茶のペットボトルを置いた。京子ちゃんが遠慮なくキャップを開けて、ひと口飲む。

「話を聞かせていただけますか？」

「去年の四月のことです。四月二十日です」純菜が話し始めた。「わたしには娘が一人います。六歳、小学校一年生の裕美《ひろみ》という子です。小学生になったばかりでした」

「なるほど」

「わたしたち家族は新生町に住んでいます。いろいろありますけど、家族三人何とか平和に暮らしていました。主人は歳が離れていますが、とても優しい人です。怒ったところを見たことはありません。わたしにも裕美にも優しく接してくれていました」

まあお茶でも、とペットボトルを指した。いえ、と純菜が首を振る。

「裕美は素直ないい子でした。とりたてて変わったところはありません。大人びた子で、あまりわがままも言いません。動物が好きで、犬を飼いたいというぐらいで、他には特に何も」

「その裕美ちゃんがいなくなった?」

純菜がうなずいて、ため息をついた。京子ちゃんがその背中に手を置く。大丈夫です、というように微笑んだ。

「その日は水曜日でした。裕美は朝から学校で、主人も同じく仕事でした。わたしは朝八時過ぎに二人を見送り、それからその頃勤めていたブティックに行くための準備を始めました。いつもと何も変わらない朝でした」

「あなたもお仕事に行かれたわけですね?」

「そうです。わたしは九時半に出勤することになっていて、時間通り店に出ました。サンロード商店街の中にあるア・モーレというお店です。いつもと同じように午後三時まで働き、それから家に帰りました。家に着いたのは三時半頃です」

「それから？」

「家に戻って真っ先に裕美を捜しました。学校は二時までで、あの子は二時半には帰っているはずでした。裕美には家の鍵を持たせていましたが、わたしが三時半に帰った時、裕美は家にいませんでした」

純菜が両手を胸の前で合わせた。指が震えている。

「でも、一時間です。だからそれほど心配していませんでした。学校のお友達と遊んでいるのかもしれませんし、しばらくしたら帰ってくるだろうと思っていました」

純菜の顔が真っ白になっている。目に怯《おび》えの色が混じっていた。

「それから二時間ほど、夕食の支度をしながら裕美の帰りを待ちました。ですが、帰ってくる気配はありません。五時半になり、何となく不安になりました。主人に電話をしたのはその頃です」

「相談するために電話をした？」

「そうです。相談というか、もっと曖昧《あいまい》な……。まだ裕美が帰ってこないのだけど、どうしたらいいか……そんなことです」

「ご主人は何と？」

「四月の五時半です。辺りはまだ明るく、天気もいい日でした。心配することはない、というのが主人の答えでした。確かに、五時半ぐらいで心配といってもどうしようもありません。その日は会議があるとかで、六時半にならなければ会社を出られないということでした。終わり次第すぐ帰ると言って、主人は電話を切りました」

「ご主人の会社はどちらに？」

「渋谷です」

「あなたはご主人に状況を報告した。それからどうしました？」

「うちの夕食の時間は六時半です。どんなに遅くなったとしても六時半までには家に帰ること。裕美にはいつもそう言っていました。それから一時間待ち、六時半になったのですが、裕美は帰ってきません。ちょっとおかしいと思いました。騒ぎになるのは避けたかったのですが、そんなことを言っている場合ではないと思い、学校に電話を入れました」

「それで？」

「幸い、担任の小野田《おのだ》先生はまだ学校にいらっしゃいました。裕美が帰ってこないことを話すと、二時まで学校にいたことは確かです、とおっしゃいました。授業が二時まであり、その時までは教室にいたと……授業が終わり、友達数人と一緒に教室を出ていったことは覚えています、と先生は話してくれました。裕美は二時過ぎに学校を出た。問題はその後どこへ行ったかです」

「そうですね」

「先生は一緒に帰った友達の中に本田《ほんだ》ゆかりちゃんという女の子がいたことは記憶されていました。ゆかりちゃんは裕美が一番仲の良かった子で、幼稚園の頃からの友達です。連絡先も知っています。すぐに、ゆかりちゃんのママに電話しました。裕美がまだ帰っていないことを話すと、もう帰っていたゆかりちゃんに事情を聞いてくれました。話によると、授業が終わって学校を出て、それから近くの公園で一時間ほど遊んでから帰ったということでした。その時一緒にいた友達の名前もすべてわかりました。三時過ぎ、裕美を含めた六人は公園を出て、それぞれの家に帰ったといいます。ゆかりちゃんの家は学校のすぐ近くです。先にバイバイをして帰宅したので、後のことはわからないというのがゆかりちゃんの話でした」

「なるほど」

「わたしは最後に一緒にいた他の四人の友達の家に電話をしました。六時半から七時のことです。みんな家に帰っていました。それぞれに話を聞きましたが、ゆかりちゃんから聞いたのと同じでした。公園を出てばらばらに家に帰ったということです」

はあ、とおれはうなずいて煙草に火をつけた。

「続けてください」

「わたしの家は小学校から五百メートルほどの場所にあります。最後まで一緒だったのは棚橋真由美《たなはしまゆみ》ちゃんという女の子であることがわかりました。真由美ちゃんが裕美と別れたのは、大通りから一本入ったところにあるわたしの家に続く脇道に差しかかったところでした」

「そこはあなたの家からどれぐらい離れているんですか」

「百メートルぐらいです。脇道を百メートルほど進むとわたしの家です」

「人通りは？」

「住宅街ですので、それほどでは……車もあまり通りません。住んでいる人以外はあまり使わない道です」

「なるほど。裕美ちゃんが家から百メートルの地点までは友達と一緒だった。別れたのは三時過ぎだった。あなたが帰宅したのは三時半で、その間三十分の間に裕美ちゃんは姿を消した？」

「そうです。裕美は家から目と鼻の先の場所まで帰ってきていて、そこから行方がわからなくなりました。それがわかったのが七時過ぎです。しばらくすると主人が帰ってきました。わたしはすべてを話して、どうするべきかを相談しました。もう辺りは暗くなっていて、小学校一年生の子供が出歩く時間ではありません。警察に相談してみよう、というのが主人の結論でした。もちろんわたしも賛成しました。何があったのかはわからないけれど、とにかく裕美の身に何かが起きている。素人にどうこうできるものではないと直感しました」

「その通りですね」

「主人が警察に電話を入れ、三十分ほど経った頃、武蔵野警察署から刑事さんが二人来ました。それ以外にも制服の警察官が何人か来ていたと思います。状況を説明してほしいと言われ、わたしはあったことをすべて話しました。先生や友達の家に電話したこともです。八時過ぎ、警察の方がとりあえず近所を捜してみることにしましょうと言いました。わたしたち夫婦もそれに加わりました。夜明けまで捜したのですが、裕美は見つかりませんでした」

「警察は何と？」

「いろんな可能性があると。真っ先に考えられるのは、裕美が迷子になったということです。家まで百メートルの場所まで帰ってきたことはわかった。でも、そこから家に戻ったかどうかはわからない。何かがあって、家から離れていったことも考えられる。そのまま帰り道がわからなくなり、迷子になったかもしれないと」

「かもしれませんね」

「他にも身代金目的の誘拐とか、悪戯《いたずら》目的とか……。いずれにせよ、警察としては全力を挙げて捜すと約束してくれました。わたしたちはただ待っている以外ありませんでした」

「結論は？」

「わからないんです」純菜が首を振った。「翌日から本格的な捜索が始まりました。武蔵野警察だけではなく、警視庁からも刑事さんが大勢来ました。誘拐専門の刑事さんも来ました。もし誘拐なら犯人から連絡があるはずだということで、一週間、二人の刑事さんがうちで待機しました。でも、どこからも連絡はありませんでした。生きているのかどうかさえわかりません。子供が行きそうな場所、興味を持ちそうな場所、すべてを捜しました。さらわれた可能性を考え、武蔵野市内の空きマンションや廃ビルなど、犯人が隠れていそうな建物も警察は調べました。ですが、裕美の行方は不明なままです。裕美は姿を消したのです」

純菜が話を終えた。肩を落とす。顔に疲労の色が混じっていた。

「それが一年前の話なんですね？」

おれは言った。

「そうです。裕美がいなくなってからも捜索は続きました。何人かの刑事さんは専従となり、今日まで裕美を捜してくれています。わたしたち夫婦も、裕美がいなくなってから半年以上、駅とかいろいろなところでビラを配ったり、懸賞金をかけたりして、情報収集に努めました。ですが、何もわかりません。目撃者は現れず、不審者を見た人もいませんでした。裕美と同じ年格好の身元不明の死体が発見されたと聞けば、日本中どこでも行きましたが、全部違っていました。裕美ではありません」

「そうですか」

「落ち着いたのは最近です。主人もわたしもようやく状況に慣れてきたというのか、眠れずに夜を過ごすということはなくなりました。今はただ待っています。裕美が帰ってくるのを」

気持ちはよくわかった。この一年、緊張の連続だっただろう。疲れているはずだ。一人娘が姿を消して、平気でいられる親などいない。

死んでいる、あるいは殺された可能性だってあるのだ。恐怖と不安でどうしようもなかっただろう。

それでも、とにかく一年が過ぎた。慣れてきたと本人は言ったが、そういうこともあるのかもしれない。

諦めたというと言葉は悪いが、事態を俯瞰《ふかん》して見ることができるようになったのだろう。今はただ娘が帰ってくることを祈っているということだ。

「かわいそうでしょう」京子ちゃんが低い声で言った。「川庄さん、何とかしてあげてよ」

「何とかって……どういう意味よ、それって」

「裕美ちゃんを捜してあげて」

ちょっと待ちなさい、とおれは京子ちゃんの腕を引いてバックヤードの更に奥に連れていった。

「何なんだよ、京子ちゃん」

「何って、言った通りよ。一人娘がいなくなったのよ。どんなにショックかわかるでしょ？　川庄さんも子供がいるんだから、考えてみたらわかるはず」

もし健人が姿を消したら。そりゃ大変だ。おれはできの悪い父親かもしれないが、それでもこの三年、何とか父子で生きてきた。

健人はおれがいないと駄目だし、おれも健人がいなかったら生きていけない。その健人がいなくなったら、おれは何を捨ててでも捜すだろう。大袈裟かもしれないが、命を懸けて健人の行方を追う。

だから、柳沼純菜という人がどれだけ必死で娘を捜したかについては想像がついた。娘を見つけるためなら、どんなことでもしてきたのだろう。かわいそうだと思う。同情に値する。

だけどさ、京子ちゃん。それとこれとは話が別だ。人間にはできることとできないことがあるのだ。

「大丈夫よ、川庄さんなら」京子ちゃんが適当なことを言った。「きっと見つけられるって」

「犬や猫とは違うよ。人間の子供だ」おれは言った。「おれにはできないって」

「そんなことわかんないじゃん。とりあえずやってみてよ。いいじゃない、どうせ暇なんでしょ?」

「警察が捜しても見つからないんだぞ。金も人手もかかっているだろう。そんなところに素人のおれが乗り出したって意味はない」

京子ちゃんは簡単に言うが、女の子が姿を消したというのは大事件だ。警察だってそれなりに力を注いだだろう。何十人、何百人という警察官が動いたはずだ。

おれはもともと銀行という組織にいた人間だから、組織の持つ力についてはよくわかってるつもりだ。警察が捜しても見つけられなかったものは、個人がどんなに頑張ったって無理なのだ。

お願い、と京子ちゃんが手を合わせた。おれは黙った。どうしろと言うのか。

バックヤードに戻った。すいません、と純菜が頭を下げる。

「ご迷惑をおかけするつもりはないんです」

「いや、迷惑なんかじゃないですよ」おれは慌てて作り笑いを浮かべた。「全然迷惑なんかじゃありません。ただちょっと……」

「裕美のことは警察が捜しています」純菜が言った。「警視庁の課長さんがずいぶん同情してくれて、普通以上に力を注いでくれているということです。裕美が姿を消してしばらくしてから、主人と相談して興信所にも頼みました。三社と話して、裕美を捜してもらうことにしました。懸賞金もかけました。情報提供者には百万円、裕美を見つけてくださった方には一千万円という額です。それでも裕美は見つかりません」

「純菜さん、大丈夫。川庄さんは鋭い人だから、すぐに裕美ちゃんを見つけてくれるわ」

京子ちゃんがおれの背中を叩いた。でも、と純菜がうつむく。

「お忙しいのに、ご迷惑じゃないかと……」

顔を上げた。すがるような目でおれを見つめる。おれは自分でも意味のわからない笑みを浮かべて、肩をすくめた。

4

捜してあげてよと京子ちゃんが何度も言ったが、おれはうなずかなかった。引き受けるには重すぎる話だったからだ。

今、純菜は絶望の淵にいる。助けてほしいと願っている。

そんなところに、京子ちゃんというお節介が、おれという細い細い糸を投げて寄越した。何の役にも立たないと純菜は知っているだろう。

単なる猫捜しの男に、娘を見つけることなどできないとわかっている。それでも、もしかしたらという思いで、純菜はその糸にすがってきた。

別におれはいい。女の子を捜すぐらいいつでもやる。

だが結果は見えていた。見つかりませんでしたということになるだろう。

その時、純菜はどれほどのショックを受けるか。それを思うと、簡単に返事はできなかった。

代わりに、おれは純菜にコンビニの名刺を渡した。Q&Rという独立チェーン店は、店長代理など肩書きがあれば名刺を作ってくれるのだ。名刺にはおれの携帯の番号もある。ついでに自宅の住所も書いた。

少し調べてみるから、時間がほしい。それがおれの答えだった。

京子ちゃんと純菜が帰ったのは、二人が店に来てから三十分後のことだ。別れ際、京子ちゃんが頼んだわよと恐い顔で言い、純菜はただ黙って頭を下げた。おれは何も言わず、二人を見送った。

「店長代理、そろそろ仕事してくださいよ」

いきなり背中で声がした。学生バイトの芝田《しばた》がおれのすぐ後ろにいた。不快感丸だしだ。

肩書きこそ立派だが、おれの扱いなどそんなものだ。まったく、と芝田が口を尖らせた。

「最近、ちょっと仕事がいいかげんになってるんじゃないすか？　仕事中も欠伸《あくび》ばっかりだし、真面目にやってくれないと困りますよ」

わかったわかった、とあしらった。それ以上芝田は何も言わなかったが、明らかにおれのことを挙動不審者と見なしていた。

芝田に言われたからではないが、その後約五時間、大真面目に働いた。何しろこのコンビニでのバイトにはおれと健人の生活がかかっている。手を抜くわけにはいかない。

六時、仕事が終わった。おれは制服を脱ぎ、引き継ぎを済ませて店を出た。

風が柔らかく、過ごしやすい日だった。家に帰るつもりだったが、気が変わって逆方向に向かった。目指していたのは図書館だ。

井の頭通りを十分ほど歩くと図書館に着いた。閉館時間は八時と書いてあった。

カウンターにいたオバサンに声をかけ、一年前の新聞を読みたいんですがと言った。

「なに新聞ですか？」

オバサンは眼鏡越しにおれを見た。なに新聞ってなんだ。ふつうの新聞だが。

「東洋と世界経済と暁と毎読がありますけど……」

そうか、そういうことか。これまで図書館とは縁のなかったおれは少し驚いた。

「じゃあ、東洋を」

しばらく待つうちに東洋新聞の縮刷版が届けられた。去年の四月と五月のものだ。

純菜は四月二十日に娘がいなくなったと言っていた。縮刷版を開き、その日の記事を捜した。

そこには柳沼裕美がいなくなったという記事はなかった。そりゃあそうだ、と頭を掻いた。

事件が起きたのは四月二十日で、新聞記者がそれを知ったのはその日の夜のことだろう。新聞に載るのは翌日以降になるはずだ。

そこでおれは四月二十一日の新聞を見た。だがそこにも記事はなかった。

なぜだろう。次の日の新聞に目をやった。そうやって読み進めていくと、ようやく四月二十五日の朝刊に捜していた記事が載っていることを発見した。

『女の子、行方不明——吉祥寺の住宅街、一瞬のミステリー
四月二十日夕方、武蔵野市新生町の柳沼光昭さんから、娘がいなくなったという連絡が警視庁に入った。行方がわからなくなっているのは、柳沼さんの長女裕美ちゃん（六歳）。関係者の証言から、裕美ちゃんは二十日午後二時ごろ友人と下校し、同三時すぎ、自宅から約百メートルのところで友人と別れてからの足どりが不明で、警察は不審者の目撃情報などを調べている。誘拐の可能性も考えられるが、現在のところ身代金の要求はない。現場は閑静な住宅街で、女の子が消えたという事件に対して、付近の住民は「そんなことが起こるようなところではない。今は早く裕美ちゃんが戻ってくること

を祈っている」と語った。裕美ちゃんはこの四月に小学校に上がったばかりの一年生だった。なお、東洋新聞はこの事件が誘拐の可能性があるため、報道を控えていました』

なるほど。誘拐だった場合に備えて、警察は報道を規制していたのか。だから事件から数日経った二十五日になってようやく紙面に記事が載ったのだ。

おれはその翌日、翌々日と順番に読んでいった。ぽつぽつとではあるが、続報が載っていた。

それによると、柳沼裕美が姿を消したと思われる時間の目撃者はおらず、その後も不審者などを見かけたという情報は上がっていないということだった。

四月三十日の新聞によると、警察は公開捜査に踏み切り、柳沼裕美が四月二十日に着ていた服装、本人の顔写真など必要と思われる情報をオープンにしていた。

だが進展はなかったようだ。五月に入ると、事件についての報道はなくなっていた。

わずかに五月十日の朝刊に、裕美の両親が記者会見を行ったこと、その内容として裕美を発見した人間に一千万円の懸賞金を支払うと発表されたことが記事になって載っていたが、それきりだった。五月三十一日までの記事をすべてチェックしたが、裕美に関するものは見当たらなかった。

「閉館時間なんですけど」

いきなり声をかけられた。例のオバサンだった。時計を見ると、八時五分前だった。

どうもすみません、と頭をひとつ下げて図書館を出た。遅くなってしまった。駆け足で家に帰った。

健人には何の連絡もしていない。腹を空かせて待っていることだろう。

「何してたの？」

ドアを開けると、玄関まで健人が出てきた。すまんすまん、とおれは謝った。

「ちょっと用ができてさ」

「また猫捜し？」

そうじゃない、と答えて健人とリビングに戻った。カレーの匂いがした。

「一人で食ったのか？」

「帰ってこないんだから、仕方がないじゃない。子供はお腹が空くんだよ」

健人が一人前のことを言った。レトルトカレーを温めて食べたようだ。

申し訳ない、と改めて頭を下げた。言いたくないんだけど、と健人が真面目な顔になった。

「あんまりこんなことが続くようだと、パパと暮らすことを一回考え直さなくちゃならなくなるかもしれない。ぼくとしては、ママのところに行ってもいいんだよ」

「脅かさないでくれよ」

「はっきり言って、ママのことは心配していない。ママはしっかりしている。一人でも平気な人だ。ぼくがいなくても暮らしていける。だけどパパは駄目だ。ぼくがついていないともっと駄目になる。それがわかっているから、ぼくはパパと暮らしている」

「ごもっともです」

「だけど、パパがこんなことを繰り返すなら、こっちも考えなきゃいけない。正直に言えば、ママと暮らす方が楽なんだ。でもパパがかわいそうだから、ぼくはこうしている。その辺、よく考えてもらわないと」

十一歳の子供に説教をされるとは、おれはどんな親なのだろう。だが健人の言うことはその通りだったので、素直に謝った。

申し訳ない。もう二度とこんなことはしない。深く反省する。

おれのジーンズのポケットで携帯電話が鳴ったのは、深く深く頭を下げていた時だった。出たら、と健人が言った。

すいません、と詫びながら携帯を引っ張り出し、液晶画面を見た。そこには知らない番号が並んでいた。

「もしもし、川庄ですが」

「すいません、夜分に……柳沼です」

おれは電話を持ち替えた。柳沼純菜だった。

「いえ、大丈夫です。どうしました？」

健人がひとつ肩をすくめて、リビングを出ていった。

5

夜九時、純菜と会うことになった。ちょっと出てくると声をかけると、ごゆっくりと健人が答えた。やっぱりよくできた息子だ。おれは夜の吉祥寺に向かった。

待ち合わせたのは東急百貨店の裏にある小さなバーだった。ロングタイムというその店には何度か行ったことがある。なかなかおしゃれな店だ。

店に着くと、純菜は既にカウンターに座っていた。どうも、と声をかけると振り向いて微笑んだ。優しい笑みだった。

おれは隣に座り、もう一度どうもと言った。すいません、と純菜が頭を下げた。

「突然お呼び立てして、本当にすいません」

「いえいえ、全然。もう暇で暇で、長い夜をどうしようかと思ってたんです」

おれが犬だったら、ちぎれんばかりに尻尾を振っていたことだろう。純菜がまた微笑む。

「いらっしゃいませ」

黒服のバーテンがコースターを出してきた。おれは、ビールをオーダーした。

「京子さんから聞きました。川庄さん、お子さんがいらっしゃるそうですね」

「います」ジーンズの尻ポケットから煙草を取り出した。「十一歳の男の子です」

「お一人で育てているとか……」

「離婚しましてね」煙草に火をつけた。「三年前です。女房は男を作って出ていきました。それからはぼくが息子を育てています」

「すいません、失礼なことを聞いて……」

いいんですいいんです、と手を振った。目の前にハイネケンのグリーンの瓶と小ぶりのグラスが出てくる。ビールはよく冷えていた。

「全然気にしてないんで。そんなこともあったかなというぐらいで、もう三年も前のことですから」

「本当ですか？　京子さんの話だと、奥様の話をする時の川庄さんはすごく……その、寂しそうだって」

まさか、と煙を吐いた。京子ちゃんも余計なことを言う。お喋りなのはしょうがないが、つまらないことは言わないでほしい。

普段、由子のことを考えることはない。三年前に別れた女房のことを思い出して、センチメンタルになるようなことはない。

おれは忙しい。子育てとバイトに追われ、感慨に浸っている暇はないのだ。

ただ、時々思い出すことはある。ふと夜明けに目を覚ました時とか、二人で行った店の前を偶然通り過ぎた時とか、由子と同じ香水を使っている女とすれ違った時とか、まあそんな感じだ。

別に思い出したいわけではないが、記憶がふっと蘇る。懐かしくなる。由子と話したいと思う時がある。ただ、それだけだ。

「忘れましたよ」

おれはビールを飲んだ。純菜が黙っておれを見つめた。

強がって言ったことは自分でもわかっている。だから、そんな目で見ないでください。

「今日は……ご主人は?」

おれは話題を変えた。純菜の目に哀しそうな色が浮かんだ。

「仕事です」

純菜の夫は、娘がいなくなってしばらく経ってから帰宅時間が遅くなったという。気持ちはわかるんです、と純菜は言った。

「主人は家に帰るのが怖いんだと思います。朝起きて、仕事をしている間はいいのでしょうが、家に帰れば裕美がいないという現実があります。裕美は主人が四十を過ぎてできた子で、裕美が生まれた時の主人の喜びようは……あの人は裕美のことを本当に可愛がっていました。でも、あの子は姿を消した。家に帰ればその事実を改めて突き付けられることになる。主人は怖いんだと思います」

「しかし、あなただって怖いでしょう」おれは言った。「娘さんが戻ってこないことを考えると、不安ではありませんか」

「わたしは毎日家にいます」純菜がうつむいた。「リビングで、電話が鳴るのを待っています。裕美のことを何か知らせてくれる電話が鳴るのではないかと、ただ待っているんです」

「だが、鳴らない」

純菜が笑った。暗い笑みだった。

おれはカウンターの上に一台の携帯電話が置いてあることに気づいた。今こうしている間も、純菜は誰かからの電話を待っているのだ。

それから一時間ほど話を聞いた。昼、コンビニに来た時の話を、より詳しく純菜は語った。おれはその間ビールを三本お代わりし、煙草は十本ほど吸った。

事情はだいたいわかった。問題はこれからどうするかだ。

事件が起きてから一年が経っている。捜査に進展はない。警察も打つ手がなくなっている。手詰まりなのは明らかだった。

「警察は何と言っているんです？」

「月に一回連絡があるんですが、その一カ月の捜査状況、寄せられた情報を教えてくれます。ですが、この数カ月はほとんど何も話がないような状態です」

「新しい手掛かりはない?」

ありません、と純菜が首を振った。まあそうだろう。

一年経った今になって、事件の目撃者が現れるようなことはまずない。それは想像がついた。

「……はっきり言って、もうどうにもならないと思っています。一年経って見つからないものは、もう無理でしょう。裕美とはもう会えないと思っています」

「諦めちゃいけません。母親が諦めてどうするんです」

「でも……」

純菜が細い肩を落とした。その横顔に、どうしようもない絶望の表情が浮かんでいる。

何も言えなくなって、ただ見つめた。純菜が笑う。さみしそうな笑顔だった。

「京子さんにも同じことを言われました。諦めちゃいけない、捜してくれる人を紹介してあげると……言われるまま、今日あなたに会いに行きました」

おれはうなずいた。正直なところ、裕美というその娘を捜し出せる自信はない。

警察からマスコミから、一時はすべてが裕美を捜し回ったにもかかわらず、少女は発見されなかった。それをおれという個人が調べてみたところで、得られるものは何もないだろう。

だが、捜してみようとおれは決心していた。何ができるというわけではないが、別にマイナスにはならないだろう。捜せなくても元々だ。

捜してみますよ、と言った。だが純菜は首を振った。

「いいんです……もういいんです。川庄さん、あなたを頼って会いに行ったのは間違いでした。余計な面倒をかけたくないんです」

「ですが……」

「もっと率直に言えば、わたしは裕美のことを諦めようと思っています。あの子は最初からいなかったのだと思うことに決めたんです。一年が経ちました。長い長い一年でした。本当に辛くて、眠れない日が続きました。朝になるのが怖かった。もしかしたら裕美の死体が発見されたという話を聞くことになるかもしれない。それを思うと、気が狂いそうな毎日でした」

「……わかりますよ」

「落ち着いたのは最近のことです。ようやくすべてに慣れてきました。今は平和な日々が続いています。やり直そうと考えられるようになってきました。今さら、それをかき乱されたくない。余計なことに振り回されたくないんです。川庄さん、昼間は裕美を捜してほしいなどと勝手なことを言いましたが、すみません、すべて取り消します。忘れてください。はっきり言います。放っておいてください。そっとしておいてください」

純菜が一気に言った。放っておいてほしいというのは本音だろう。

事件後、一年が経過した今、おれのような素人に乗り出されて、過去を掘り返してほしくないと思っているのだ。

純菜の目は真剣だった。言いたいことはよくわかる。すべてに絶望しているのだ。もう今さらどうにもならない。娘は戻ってこない。そう思っている。

だからおれは何も言わなかった。純菜の目からひと筋の涙がこぼれた。

ごめんなさいと最後に言って、カウンターを下りた。出口へ向かう。

おれはその姿を目で追った。痩せた背中だと思った。

6

翌日の昼、おれはいつものようにコンビニで働いていた。どういうわけか客は多く、忙しかったが、それでもおれは純菜の後ろ姿を何度も思い出していた。

「放っておいてください」

純菜はそう言った。低いが、はっきりした声だった。

その通りだ。他人が立ち入る問題ではない。踏み込めば迷惑になる。大きなお世話というものだ。

放っておくしかない。おれには関係のない話なのだ。

忘れようとした。だが、できなかった。午後三時の休憩時間に携帯を取り出して、昔の知り合いの番号を押していた。

自分で言うのも何だが、おれはそこそこ出来のいいサラリーマンだった。おれのところに、取材の話が来たのは辞める一年前のことだ。新聞社が銀行の現場の声を聞きたがっているということで、先輩から紹介されたのだ。

義理もあってその取材を受けた。やってきた東洋新聞の記者は頭のいい男で、歳が同じだったこともあり話は盛り上がった。

その後もプライベートで何度か会い、一緒に飲んだ。銀行を辞めてからは連絡を取っていなかったが、柳沼裕美事件について誰か詳しい人間を紹介してくれないかと思ったのだ。

もちろん、三年以上経っている。その記者は異動したかもしれないし、もしかしたら新聞社を辞めているかもしれなかった。そのまま社にいたとしても、おれのことなど忘れてしまっている可能性は高い。

その時はその時だ。電話がつながらなければ、あるいは誰も紹介してくれなければ、柳沼裕美の一件から手を引こう。

そう思って電話をしたのだが、案に相違してあっさり記者は出た。三年前に何度か会っただけのおれのことも覚えていた。

おれは事情を話し、誰か事件に詳しい人間を紹介してくれないかと頼んだ。いいですよ、と記者はあっさり引き受けてくれた。

三十分後、折り返しの電話があり、社会部の記者を紹介すると言ってきた。既にその記者には事情を話してあるし、おれのことも伝えてあるので、電話してみてください、ということだった。

こんなにうまく話が進んでいいのかと思いながら、紹介された社会部の記者に電話を入れた。新聞記者というのは忙しいイメージがあったのだが、連絡はすぐに取れた。

岩村《いわむら》というその記者は、話は聞いてますと言い、会ってくれないかというおれの頼みに、構いませんと答えた。

都合を聞くと、午前中は大概社にいるという。明日はどうでしょうと聞くと、空いてますということだった。

九時に新聞社を訪ねることにし、電話を切った。

翌朝、健人を学校へ送り出してから、東洋新聞の本社がある大手町へ向かった。

東洋新聞社の社屋は地下鉄大手町駅に直接つながっている。岩村とはそのビルの一階にある喫茶店で待ち合わせていた。

店に入ると窓際の席にジャケットにノーネクタイという三十代中ほどの男が座っていた。他に客はいない。

岩村さんですか、と声をかけた。男がにっこり笑って、川庄さんですね、と言った。なかなか渋い声だ。

コーヒーを頼んで、向かい側に座った。岩村が名刺を出してきた。東洋新聞社社会部記者、岩村剛とある。

おれはおれでコンビニの名刺を渡した。神野《じんの》さんは大学の先輩なんです、と岩村が言った。神野というのは岩村を紹介してくれた記者だ。

「就職の時、口を利いてもらいました。それ以来、頭が上がりません」

岩村が笑った。嫌みのない笑顔だった。

「お忙しいところすみません」おれは運ばれてきたコーヒーにミルクを入れた。「さっそく本題に入りたいのですが、一年前柳沼裕美ちゃんという武蔵野市に住む女の子が行方不明になった事件を覚えていますか」

「覚えていますよ」岩村がうなずいた。「よく覚えています」

「訳があって、その事件について調べています。記者さんなら表に出ていない事実をご存じかと思い、訪ねてきたわけです」

「どうでしょう。わたしたちも公式発表以上のことはわかっていないのが本当のところです」岩村がアイスティーをひと口飲んで、ショートホープに火をつける。「裕美ちゃんのお父さんは株関係の会社に勤めていました。父親と母親、そして裕美ちゃんの三人家族でした。吉祥寺に一軒家を構え、どこから見ても幸せな一家だった。その家の娘が行方不明になったわけですから、当然騒ぎになります。警察は捜査のために専従班を設けましたし、我々マスコミも注目した。数多くのマスコミが吉祥寺に集まった。ぼくももちろん行って、何日も取材して回りましたよ。でも、何も出てこなかった。裕美ちゃんがどこへ行ったのか、見当もつきませんでした」

おれも煙草に火をつける。

「ぼくは武蔵野市に住んでいます。裕美ちゃんの家の辺りについてはだいたいわかっているつもりです。あの辺は高級住宅地です。医者や弁護士、高収入のサラリーマンなんかが住んでいて、その奥さんは家にいることが多いと思います。専業主婦ってやつです。裕美ちゃんがいなくなった午後三時前後も誰かは家にいたと思うのですが、それでも目撃者はいなかった?」

「見つかりませんでした」岩村が煙を吐いた。「おっしゃる通り、あの辺は吉祥寺でも有名な住宅街ですね。警察や記者の連中はみんなその家々を訪れて、聞き込みをしました。ですが問題の午後三時、裕美ちゃんを見た者は現れませんでした」

「不思議ですね」

「まったくです。三時といえば夕食の買い物や何やかんやで家を出入りすることもあったはずの時間帯ですし、実際その時間に近くを歩いていたという者もいた。ですが、裕美ちゃんについては誰も見ていないということでした」

「警察はどう考えているんでしょう」

「事件が起きた当初は、誘拐ではないかという見方が強かったと思います」岩村が煙草を消して、身を乗り出す。「こちらの調べでわかったんですが、柳沼裕美ちゃんの父親はサラリーマンでしたが、高給取りでした。顧客から金を預かり、それを運用して利益を上げる、その世界では知らない者はいないという腕利きのトレーダーだったんです。給料自体は常識の範囲内の金額だったと思いますが、ボーナスというか歩合が凄かった。利益を上げるとその何パーセントだかが父親の手元に入る。悪い時もあったんでしょうが、いい時は億単位の収入があった。その金を狙っての誘拐ではないかというのが警察の見方でした」

「ですが、身代金要求の連絡などはなかったと聞いています」

その通りです、と岩村がうなずいた。

「事件直後から柳沼家には警察の誘拐事件専門の捜査員が入りました。犯人が身代金要求の連絡を取ってくることが考えられた。しばらく柳沼家に張り付いていたはずです。

ですが、結局何も連絡はなく、警察は引き上げたと聞いています」

「誘拐ではない……とすると何が考えられますか？」

「いろいろあると思いますが、可能性で言えば変質者ですよね。裕美ちゃんは六歳でした。そのくらいの年齢の子供に性的な関心を抱く者がいたことは十分に考えられます。警察は武蔵野地区一帯、さらに三多摩に住む前科者リストを作り、調べたということです。しかしこの線も駄目だった。有力な容疑者は浮かんでこなかった」

「他には？」

「何でも考えられます。子供のいない母親がさらっていったのかもしれない。いや、子供が犯人ということも有り得る。こんな時代です。何があってもおかしくない」

岩村が大きく息を吐いた。それからおれはさまざまな角度から質問をしてみたが、答えははっきりしなかった。警察もそうだが、マスコミも事件について有力な手掛かりを得ていたわけではないようだった。

「しかし、ご両親がかわいそうでね……見ていられなかったですよ」岩村がまた煙草に火をつけた。「気持ちはわかります。一人娘ですからね。行方不明になった、どこへ行ったのかはわからないっていうんじゃ、納得できなかったでしょう。新聞、テレビ、その他の記者たちも気の毒に思ったし、同情ムード一色でした。何か見つけてあげたくて、記事でも大きく取り上げましたが、何も出てこなかった。ご両親も疲れているのがよくわかりました。そんな事件です」

話を聞き始めて二時間が経っていた。岩村が腕時計を見る回数が増えていた。この辺が潮時だろうと思い、おれは伝票に手を伸ばした。

「ありがとうございます。参考になりました」

「すいません、お役に立てなくて」

もっと詳しいことを知りたければ、と岩村が顔を上げた。

「警視庁の刑事を紹介しますよ。一度会ってみたらいい。ぼくよりは詳しい話を知っているはずです」

渡りに船だ。ありがとうございます、とは頭を下げた。風化させてはいけない事件ですからね、と岩村が言った。

「警察の捜査専従班は縮小したと聞いています。一年前の事件ですから、マスコミも取り上げなくなった。一人の女の子がいなくなったことなど、すぐに忘れられていきます。ですが、あの子は見つかっていない。家族にとっては現在進行形の事件なんです。あなたのような立場の方がもう一度事件について調べ直すというのなら、協力は惜しみません」

連絡しますと言って岩村が去っていった。おれはレジに向かった。

7

吉祥寺に戻り、コンビニへ行った。仕事は仕事でしなければならない。子供の面倒を見て、働いて、行方不明になった女の子を捜すという明らかな多牌《たあばい》状態だったが、まあ仕方がない。やるだけだ。おれはコンビニの制服に着替えて、床の掃除に取り掛かった。

岩村は約束を守る男だった。夕方、おれの携帯に知らない番号が並んだ。出てみると、警視庁の夏川《なつかわ》と申します、という女の声が聞こえた。

反射的に健人が何かしでかしたのかと思ったが、夏川は岩村さんの紹介で電話をかけましたと言った。柳沼裕美事件の担当者ということだった。

話を聞かせてもらえないだろうかというおれの頼みに、夏川はいいですよと答えた。捜査上の秘密だとか何とか言われて断られるのではないかと思っていたが、意外にもオープンな感じだった。

夏川は今日武蔵野警察署に用事があって来ていると言った。八時頃には仕事が終わるだろうというので、その後会うことにした。

おれもコンビニのバイトが終わったら一度家に帰らなければならなかったので、その時間は都合がよかった。武蔵野警察署へ行きますと伝えて、電話を切った。六時過ぎに家に帰り、健人に夕食を作って食べさせ、後片付けをするともう七時半だった。手早く身支度をして、鍵を手に取った。

「ちょっと出てくる」

「どこに行くの？　何時に帰ってくる？」

声がした。そんなに遅くはならない、と答えて部屋を出た。

一階の駐輪所に行き、自転車を引っ張り出して、武蔵野警察署に向かった。自転車はママチャリで、由子が残していったものだ。井の頭通りをしばらく走ると、武蔵野警察署の建物が見えた。

時計を見ると七時五十分だった。少し早いが、まあいいだろう。駐輪スペースに自転車を停め、建物の中に入っていった。

正面に制服を着たおまわりが座っていた。おれは名前を名乗り、夏川刑事と約束があると伝えた。

おまわりがちょっとうさんくさそうな目でおれを見てから、電話に手を伸ばした。二言三言話してから、すぐに来ます、とだけ言って座り直す。

待っていると、奥から女が出てきた。二十代の後半だろうか。

紺のスーツを着ていた。童顔で髪が短いので少年っぽく見えたが、正直、なかなかの美人だった。

「川庄さんですね」女が声をかけてきた。「お待ちしていました。夏川です」

「どうも」

こちらへ、と夏川が言った。きびきびした口調だ。言われるまま、後について中へ進んだ。

歩いていくと、会議室とプレートのかかった部屋の前に出た。どうぞお入りください、と夏川がドアを開いた。

四人掛けの革張りのソファがあった。壁に沿ってキャビネットが並んでいる。それ以外これといったものはない、殺風景な部屋だった。

「警視庁捜査一課の夏川です」名刺を渡された。「すいません、わざわざ来ていただいて」

おかけください、とソファを指さす。おれは腰を下ろした。

「そんなに緊張しないでください」

「よく考えると、刑事さんと二人きりで話すのは初めてです」おれは部屋を見回した。

「ましてや、女性の刑事さんと話すことになるとは思いませんでした」

「増えてるんですよ、最近」夏川がおれの向かい側に座る。「警察も女性の採用は積極的です。女刑事というのも珍しくはありません」

柳沼裕美ちゃんの事件について調べているそうですね、といきなり本題に入った。世間話をしている暇はないということらしい。

「川庄さんは興信所の方なんですか？」

いえ、とおれはコンビニの名刺を渡した。はあ、と夏川が首を傾《かし》げる。どういうことなのかわからなかったのだろう。

「裕美ちゃんのお母さんと会う機会がありまして」簡単に事情を説明した。「行きがかり上、裕美ちゃんを捜すことになりました」

「……そうですか」

「ですが、何しろ一年前の事件です。関係者の記憶も曖昧になっているでしょう。捜すにしても詳しい事情がわからなければどうしようもない。そう思っていたところに、東洋新聞の岩村さんがあなたを紹介してくれたんです。話を聞くのにこれ以上に確かな方はいないでしょう」

「わかりました。お知りになりたいことがあれば、何でも聞いてください」

夏川が座り直した。ずいぶん物分りのいい刑事だ。

何でも聞いてほしいということは、何でも答えてくれるということなのか。いつの間に警察はそんなにオープンになったのだろう。

「夏川さんは、最初から事件に関わっているんですか？」

「わたしは警視庁の刑事です」夏川が話し出した。「裕美ちゃんの捜索願が出されたのはこの武蔵野警察署です。状況から、特異家出入と判断し、所轄の刑事たちが柳沼家に行きました。担当した刑事は、状況を確かめるにつれ、これは単なる迷子ではないと直感したということです。それですぐに本庁に連絡が入り、わたしたちが動員されました」

「なるほど……裕美ちゃんが姿を消した状況については話を聞きました。目撃者はいなかったということですが、そうなんですか？」

「翌日朝から警察は現場付近の住民に聞き込みを始めました。全戸が対象です。すべての家、すべての住民に話を聞きましたが、目撃者は誰一人いませんでした」

夏川がやり切れないといった様子で首を振る。疲れたような表情だった。

「警察は事件当初、誘拐という見方を取っていたと聞きました。本当ですか？」

「もちろん、最初はいわゆる迷子についての可能性が検討されました。六歳の子供ですから、ありそうな話でした。警察は武蔵野地区一帯で行方を捜しました。捜査は二十四時間態勢で行われましたが、裕美ちゃんは見つかりませんでした。誘拐について可能性を考慮するようにという指示が出たのは翌日の朝です」

「夏川さん個人はどう思いましたか？」

「わたしは先発部隊として柳沼家に入っていました。ご両親に事情を聞いていたのですが、率直に言って誘拐かもしれないと感じました」

「父親が金持ちだからですか？」

「それは重要な要素でした。裕美ちゃんのご両親は同じ会社で働いていました。二人は職場結婚です。会社の同僚や周囲の人間にも確認しましたが、二人を悪く言う者はいませんでした。恨まれるようなことはないと誰もが証言しました。父親も母親も大学を出てからずっと同じ会社に勤め、取引相手以外と深いつきあいはありません。娘をさらってしまおうというほど彼らを憎んでいる人間は考えられません。そうなると残るのは営利誘拐です。父親は株のトレーダーで、高額な収入があった。スーパーサラリーマンとして何度か雑誌などの取材を受けていたため、それは無関係な人間でも知ることができたと思います。身代金目的の誘拐というのは、説得力のある考えでした」

「警察としてはどう対処したんですか？」

「警視庁は捜査一課の誘拐事件専門の部署から捜査員を派遣しました。彼らは柳沼家に入り、犯人からの連絡を待ったのですが、外部から連絡はありませんでした」

その後はどうしましたか、とおれは聞いた。徹底的に捜査しました、と夏川が答えた。

「先ほど、柳沼家周辺の住宅をすべて調べたと言いましたが、その範囲を三キロ四方にまで広げました。三キロとなると住宅だけではありません。会社、飲食店、倉庫、店舗もあります。そのすべてを調べました。空きマンション、空きアパートの部屋もです。吉祥寺は住みたい町ナンバーワンとして知られています。そこで起きた女の子の行方不明事件は注目されることがわかっていましたから、警察は威信にかけて女の子を見つけなければならなかった。徹底的な捜査網を敷いたのはそのためです」

「だが、女の子は見つからなかった」

そうです、と夏川が肩を落とした。

「付近に防犯カメラはなかったんですか」

「ありません」

「先ほど、ご両親の話をあなたはされましたね。親に何かあるとは考えられませんか?」

「親への恨みを子供に向けるということですね。もちろんわたしたちもそれは考えました。父親、母親について相当突っ込んだ捜査が行われました。学生時代の友人や会社関係の人間に話を聞いたのですが、こちらも二人を悪く言う人はいませんでした。子供をさらうというのは強い怨恨がなければできないと思いますが、夫婦のことをそこまで強烈に恨んでいる人物もなく、捜査は行き詰まったということです」

夏川が目をつぶった。もう聞くことはなかった。

事件発生から一年が経っている。裕美は発見されていないし、生死すらわからない。有力な手掛かりもない。そういうことだ。

「今、捜査状況はどうなっているんですか？」

「事件当初、ここ武蔵野警察署に捜査本部が設置されましたが、結果は出ませんでした。半年後、捜査本部の縮小が決まり、現在は五名の担当者が残っているだけです。わたしもその一人ですが、正直なところ先はまったく見えません。事件は過去のものとして忘れられていく一方ですし、情報も浮かんできません。わたしは週に二回ここに来て情報交換をしていますが、ちょっとこの頃は何も……」

夏川が言葉を途切らせた。仕方がないことですね、とおれは言った。

「時が経てば、誰でも過去を忘れます。こんな時代ですから、一年前のことなど誰も覚えていません。子供がいなくなった？　そういえばそんなこともあったなあ。そういうものでしょう」

「川庄さんには事件について深いところまでお話ししました。上が知ったら、捜査上の秘密を漏らしたということでわたしは懲罰の対象になるかもしれませんけど、それでも構わない。事件を過去のものにしないためには、誰でもいいから事件についてもう一度調べてもらうしかないと思っています。協力できることがあれば何でもするつもりです」

夏川が頭を下げた。何でも話すと言ったのは本当だった。

夏川は消えた少女とその両親に強い思い入れを抱いた。だが事件は解決されていない。打つ手もなくなっていた。おれのような人間にでも助力を求めざるを得なくなっていたのだ。

お願いします、と夏川が更に深く頭を下げる。エアコンの音が静かな室内で大きく響いた。

8

刑事という人種に親しみはない。というか、可能ならなるべく避けて通りたい相手だと思っている。

だが、夏川に関しては違う感想を持った。柳沼夫婦のことを心から哀れに思い、裕美を見つけてやりたいと願っているのがわかった。

夏川は警察署の表玄関まで送ってくれた。おれたちはお互いに携帯電話の番号を交換して、何かわかったら知らせると約束し合った。

真夜中の三時を待って、吉祥寺の町へと向かった。別に何があるというわけではないのだが、体に染み付いた習性だった。

「あらー、川庄さん」

チャチャハウスに入ると、カウンターに京子ちゃんがいた。すっかり酔っ払っているようだった。

「どうしたのよ、昨日は来なかったじゃない」

「いろいろあるんだって」

カウンターに座って、ウーロンハイを注文した。寡黙なマスターが、了解とうなずく。

「何をしてたの？」

おれの腕に絡み付いてきた。店は冷房が利いているのだが、京子ちゃんの太い二の腕は汗で湿っていた。

「まあ、いろいろとね」

「どうなの？」

京子ちゃんが上目遣いでおれを見た。何が？　と答えながら、おれは目の前に置かれたウーロンハイをひと口飲んだ。

「純菜さんのこと。調べる気になった？」

さあねえ、と適当にはぐらかそうとした。だが京子ちゃんは追及の手を緩めなかった。

「話を聞いてどう思った？　一人娘がいなくなったのよ。かわいそうだと思わない？」

「思うねえ」

「だったら何とかしてあげてよ。女の子を見つけてあげて」

「猫とは違うと思うんだよね。ちょっと捜したぐらいで見つかるもんじゃないんじゃない」

そうかしら、と京子ちゃんが不満げな顔になる。それに、とおれは話を続けた。

「彼女と会った」

「純菜さんと？　いつ？」

「おとといの夜」

「何で会ったの？」

「娘を捜さないでくれと言われた。今さら過去をほじくり返されたくないとさ」

「ウソォ」

「本当」

純菜は確かにそう言った。仮に見つかったとしても、それは望む姿ではないだろう。彼女の目はそう語っていた。

はっきりとした結論を知るくらいなら、このまま曖昧に忘れていきたい。そういうことのように思えた。おれは煙草をくわえて、小さくため息をついた。

「あら、メランコリックね」京子ちゃんがまじまじと見つめた。「……惚《ほ》れた？」

「何の話すか、いきなり」

おれは咽《む》せて、煙と唾を吐き出した。京子ちゃんが顔を背けた。

「純菜さんのことよ。惚れたんでしょう？」

「そんな……そんなことあるわけないでしょうに」

笑おうとしたが、うまくいかなかった。女に好意を持つと、それを隠すことができないのは中学生の頃からそうだった。京子ちゃんが苦笑する。

「わっかりやすい人よねえ」

「惚れたとか、そういうことじゃなくて……」おれは必死で言った。「ただ、かわいそうだなあって思って……」

「かわいそうだなは惚れたってことよ」

京子ちゃんが古い演歌のようなことを言った。いや、まあ、その。黙っていると、どうして男はああいう女が好きなのかなあ、とつぶやいた。

「ああいう女？」

「純菜さんのこと。男はみんな同じ。ちょっとかわいそうな風情の女を見ると、すぐ好きになる。守ってやりたいとか思うわけ？」

「いや、だからそんなんじゃないって。違うってマジで」

「あたしはあなたのことが好き。だからわかる。あなたはああいう女に弱いのよ」

京子ちゃん、鋭い。おっしゃる通りで、おれはああいう女にとことん弱かった。

「会わせれば、惚れるのはわかっていた」静かな声が続いた。「だけど、かわいそうな人なのよ。一人娘が行方不明になって、どうしていいのかわからなくなっている。誰も助けてくれない。聞けば聞くほど何とかしてあげたいって思った。だからあなたを紹介した。何とかしてくれるんじゃないかって思ったの」

「何とかって言われてもねえ……」

「助けてあげて。惚れたんでしょ？　惚れた女のために頑張るのが男ってもんでしょうに」

「だから、惚れてなんかいないってば」

京子ちゃんが唇の端で笑った。見透かしたような笑いだ。

とにかく飲もう、とおれはグラスに手を伸ばした。夜が更けていった。

Part3　調査

1

翌日午前十時、吉祥寺の駅までぶらぶらと歩き、駅ビルのアトレに行った。買い物をするためだ。

ずいぶん前から駅は改築工事をしている。これ以上何かする必要があるのだろうかと思っていたが、偉い人たちは更に吉祥寺を大きくしたいらしい。お盛んなことだ。

吉祥寺は駅を中心として発展し続けている。何しろ住みたい町ナンバーワンだし、いつでも新しい店が生まれている。

地方の人間を含めて、遊びに来る連中は馬鹿馬鹿しいほど多い。土日など、昼間のうちは外へ出る気をなくすほどだ。

本音を言わせてもらうと、吉祥寺という町に、もうこれ以上巨大化してほしくなかった。十分だろう。

これ以上大きくなって何があるというのか。単に箱だけ大きくなって、中身はすかすかというつまらない町になってしまうだけじゃないか。

既にそうなっているという声もある。おれもそんなことは望んでいない。賑やかなのは結構だが、もうちょっと静かに暮らしたいものだと思っている。

とはいえ、まだ朝の十時で、町は目覚めたばかりだった。アトレもそれほど客の数は多くない。店を覗いて回るにはちょうどいい時間帯といえた。

どういうわけか昔から食料品の店を見るのが好きだった。別に食い意地が張ってるというわけではないのだが、食材や総菜、弁当などの類を見ていると心が弾む。楽しくなってくる。

アトレに入ってる店は名店が揃っている。多少高いのが難だが、美味しいことは間違いない。

どの店を選んでもほとんど外れはなかった。さて、今日はどうしようか。

辺りを見渡していたおれの目が止まった。女がこっちを見ている。微笑。

反射的に頭を下げた。女が近づいてくる。

「こんにちは」

柳沼純菜だった。

さて、どうしたものやら。おれは情けない微笑を顔に張り付けながら、純菜を見つめた。

2

アトレを出て、知っている喫茶店に純菜を案内した。北口のサンロード商店街から一本目を左に入ったところにその店があった。くぐつ草というのが店の名前だ。よくここでコーヒーを飲む。なぜかというと、今時珍しい喫煙ＯＫの店だからだ。奥のテーブルに座り、おれはコーヒーを、純菜はミルクティーを頼んだ。飲み物が運ばれるまで、しばらくの沈黙があった。

「あなたも買い物ですか？」

コーヒーが出てきた。まだ熱い。おれは猫舌なので、ちょっと放っておくことにした。純菜がうなずく。

「天気が良かったので、気が向いて……」

カップに砂糖を入れて、スプーンでかき回す。指が細い。今日の純菜は薄いイエローのワンピース姿だった。

「いやあ、ぼくもしょっちゅう行くんですよ」

おれはこれ以上ないほどの愛想笑いを浮かべた。女の話に何でも合わせるのは、自分ではどうしようもない性格的な問題だ。何かの病気なのかもしれない。

「まあ、午前中は空いてますよね。買い物にはいいですよねえ」

「何を買うおつもりだったんですか？」

「今日と明日の食べ物を少々」

おれは意識している女を目の前にすると、言葉遣いがおかしくなる。いい女だと思うとその傾向は強まる。

何だ、少々って。心の中で舌打ちをした。料理番組じゃないんだ。少々っていうのは、お塩を少々みたいな時に使う言葉だろう。

しくじった。言い直したい。だが、そうはいかなかったので、笑ってごまかした。純菜も笑っていた。面白いらしい。

純菜の笑顔はとてもいい感じだった。もっと笑わせてやりたいと思った。おれは女のためなら砂利でも食べるタイプの男なのだ。

「……昨日の夜、夏川さんから電話がありました」

思い出したように純菜が言った。夏川？　と聞いた。誰だっけ、それ。煙草を取り出し、火をつけた。

「刑事さんです。裕美のことを捜してくれている……」

ああ、とうなずいた。そういえばそんな女もいた。仕事熱心な人だ。

「川庄さんが裕美のことを調べていると言っていました」

「いやあ、あの……そうですねえ、そういうことになるのかなあ……」

どうもすいません、と頭を下げた。いえ、と純菜が小さく手を振る。

「いいんです……ありがたいと思ってます」

「捜さないでほしいとあなたは言った。今さら事件のことを思い出したくないとおっしゃる気持ちはわかります」

おれは言葉に力を込めた。突然娘がいなくなった母親の心情は、想像するに余りある。純菜に同情しているというのは本当だ。

しかしだ。ここは正直に述べると、要するに純菜のために何かしたいというのが本当のところだった。

それで何をどうしようとか考えているわけではない。時々こんなふうに二人でお茶を飲んだり、電話で話したりできればそれでよかった。おれにはそういう中学生的な考えをするところがある。

とはいえ、彼女が辛い立場にいるのは事実だ。浮ついた気持ちで向き合うことはできないのもわかっていた。おれは真面目な表情を作って話を続けた。

「ですが、娘さんのことをすべての人が忘れたわけではありません」

「わかっています」

「一年が経ちました。一年というのは決して短い時間ではありません。親であるあなたにとっては長い長い時間だったでしょう。辛い思いもしたはずです。早く忘れたいというのはわからないでもない。ですが、まだ一年です。娘さんが無事でいる可能性は十分にあると思います。もう一度捜してみても……」

わかったようなことを言う自分が恥ずかしかったが、そうとしか言いようがなかった。純菜が首を振る。

「生きているでしょうか」ぽつりと言った。「川庄さんは本当にそう思いますか。裕美が生きていると?」

おれは煙草を消した。正面きってそんなことを言われると、答えようがない。

客観的に見て、裕美というその娘が生きている可能性は低いだろう。一年が経っているにもかかわらず、目撃情報は上がってきていない。生きているのなら、誰かがどこかでその姿を見ていなければおかしいが、それがないというのは娘が死んでいると考えざるを得ないだろう。

それが冷静な考え方というものだったが、親としては認めたくないだろう。娘の死体など見たくもないはずだ。

だから純菜は捜さないでほしいと言った。現実に直面するより、何もかも忘れる時が来るまで、そっとしておいてほしい。そういうことなのだろう。

目を伏せていた純菜が顔を上げた。両眼からひと筋の涙が頬に流れていた。

ハンカチを取り出して渡した。すいません、と言いながらそれを拭う。

「……この前お話しした通り、わたしは裕美のことを諦めようと思っています。最初からいなかった子なのだと思おうとしています。もう十分です。疲れました。毎日あの子の帰りを待っているのに疲れたんです」

何か言うのは簡単だった。親が諦めてはいけないとか、わかったような言葉はいくらでも出てくるだろう。

だが、おれには言えなかった。この女は一人娘が突然いなくなるという現実に一年間耐えてきた。その間の気持ちは誰にもわからないだろう。

想像さえつかない。恐怖と混乱、動揺がそこにはあったはずだ。それに対してどうのこうの言えるほど、おれは偉くない。

「もういいんです。川庄さんの気持ちはとてもありがたいですし、嬉しい。だけど裕美は見つからないでしょう。見つかったとしても……決して望む形のものではないと思います。それならすべてを忘れた方がいい。一年経った今、もう一度あの時のことを思い出すのは辛すぎます」

もう純菜は泣いていなかった。まっすぐおれの目を見つめてそう言った。

おれはカップに口をつけた。コーヒーはぬるくなっていた。

3

夏川から電話がかかってきたのは、その日の夕方だった。おれはコンビニでレジに立っていた。

客が買った弁当をレンジで温めながら電話に出た。コンビニ店員としては最低の行為だったが、まあ仕方がない。

昨日はありがとうございました、と夏川が言った。続けて、別に何があったというわけではないんですけど、と苦笑する声が聞こえた。

「昨日の夜、柳沼純菜さんに連絡したんです。あなたのことを話しました」

「聞きました」おれは答えた。「偶然なんですが、今朝彼女と会ったんです。夏川さんから電話があったと言ってました」

「彼女はとても……疲れています」夏川が低い声になった。「一人娘が姿を消したというのは、彼女にとってショックな出来事でした。警察やマスコミが入り、母親である彼女は事情を聞かれました。静かだった日常が一転して混乱に変わったんです。彼女が疲れるのは当然です」

「ねえ、お弁当まだ?」茶髪の女子高生がおれを睨んだ。「電話なんかしてる場合かっつーの。カンベンしてよ」

すまんすまんと片手で詫びて、電子レンジからもう一方の手で弁当を取り出した。レジ袋に入れて渡す。何なのよ、とか言いながら女子高生が去っていった。

「もしもし、すいません……何でしたっけ？」

「純菜さんは何も言いませんでした」夏川が話を続けた。「裕美ちゃんのことを捜そうとしている人が現れたことについて、はっきり言えばどうでもいいという感じでした。すべてがどうでもいいというか……」

「彼女は……おそらくぼくには捜せないと思っているんでしょう。当然のことです」

「それに、もし見つかったとしても……裕美ちゃんの生死はわかりません」夏川の声が沈んだ。「最悪のことを考えると、見つからない方がいいと思ってしまうのは……」

おれたちは揃ってため息をついた。どちらに向かっても道は行き止まりだ。明るい未来は見えない。

「今日の午前中、会議がありました」夏川が話を変えた。「裕美ちゃんの事件を担当している刑事が集められ、一課長や管理官なども出席しました。経過報告をしたんですけど、川庄さんにもお話しした通り、決して捜査は順調とは言えません。話し合った結果、マスコミに対して協力要請をすることになりました」

「協力要請？」

「事件が発生して一年が経ち、ひとつの区切りだという認識があります。事件についてもう一度検討し直そうというのが上層部の考えです。テレビ、新聞、ラジオ、雑誌など各メディアに、事件のことを改めて取り上げてもらうように要請することが決まりました。マスコミはこれを受けると思います。事件を再検証し、新しい情報を求めるというのが狙いです」

なるほど。警察もまだやる気があるようだ。

「警察は事件解決を諦めていないとアピールする必要があるんです。吉祥寺の住宅街のような安全を謳《うた》っている地域から女の子が消えたというのは、警察にとってもダメージです。捜査は続いているということを世間に示す必要があるんです」

「新しい情報が入るかもしれませんね」

「あまり期待はできませんが……でも、これはチャンスなのだと思うことにしています。状況は決して良くない。新しい情報が何もないから、捜査も次へと進みません。悪循環です。ですが、ここでもう一度事件についてマスコミが取り上げれば、違う展開が開けるかもしれない」

夏川の言う通りかもしれない。何かあれば新しい動きも出るだろう。いい機会なのかもしれなかった。

だが、それでも何も起きなければ、もう事件を解決することは無理だろう。裕美は見つからない。

チャンスという言葉を夏川は使ったが、ラストチャンスということなのかもしれなかった。

「父親に会ってみようと思っています」おれは言った。「働いてる会社にも行ってみたい。さんざん調べられたでしょうから、もう何も残ってはいないと思いますが、それでも行ってみる価値はあるんじゃないかと」

「そうですか……。会社は渋谷にあるグローバルトレーディングという会社です」

夏川が詳しい住所を言った。渋谷駅ハチ公口から歩いて二、三分の場所にあるビルの三階と四階ということだった。

「父親にはわたしから連絡を入れておきます」夏川が言った。「いつ行かれます？　忙しい方ですが、時間は作ってもらいます」

「それでは、明日の午前中に」

「アポを取っておきます。また連絡します」

夏川が電話を切った。てきぱきとしていて、仕事ができる女なのだ。

レジに向き直ると、バイトの芝田が近寄ってきた。不快感を露にしている。

「川庄さん、何を考えてるんですか。仕事中に電話なんて」

「悪かった悪かった。急用だったんだ」

「レジで電話するコンビニ店員なんて、聞いたことがありませんよ」

その通りだ。コンビニは、つまるところ接客業だ。当然のことだった。

「あんまりひどいと、店長に話しますからね」

「お前は何を狙ってるんだ?」おれは芝田をまじまじと見た。「そりゃ、今のはおれが悪かった。認めるよ。ひどすぎると我ながら思う。反省もしている。だけど、お前はただのアルバイトだ。自分の仕事だけして、時給をもらえばいいだろう。おれのことに構って何の得がある?」

「ぼくは大学四年生なんですが、実は留年中です」芝田が声を低くした。「就職が決まらなかったからです。この不景気ですから、よくある話ですけど。それが運良く、Q&R本社に社員採用されることが決まりました。一年後、来年の四月から正規採用される予定です」

「そりゃよかった。おめでとう」

「副店長としてこの店で働くことになっています。バイトの管理をするのも仕事のうちです。ぼくが副店長になったら、川庄さんみたいな人のことは放っておきません。勤務態度の悪い者には辞めてもらう。そういうことです」

「そりゃ大変だ」

「冗談じゃ済まされませんよ。ぼくは言ったことはやる男です」

芝田が居丈高に言った。わかったわかった、とおれは謝った。

「もうしない。しません。真面目に働きます。約束するってば」

「来年の四月です。覚悟しておいてください」

芝田がその場を離れた。ああいう若造に権力を持たせると、必ず勘違いする。自分に力があるわけでもないのに、その力を振り回して最終的には怪我をする。

誰かが教えてやらなければならないのだが、まあ本人の問題だ。放っておこう。傷ついて初めてわかることもある。

客が来た。おれはにっこり笑ってハーゲンダッツのアイスクリームを受け取った。

4

その後、夏川から連絡があった。さっそく父親とのアポを取ったという。午前十時に会社に行ってくれということだった。

「父親とはしょっちゅう会ってますから。わたしのこともよく知ってます。わたしの紹介なら会わざるを得ないでしょうと言っていました」

夏川は刑事だ。一般人であるおれにここまで肩入れしてくれるのは、それほど事件解決への思いが強いということなのだろう。

溺れる者は藁をも摑むと言うが、単なるコンビニのバイト男に頼らざるを得ない夏川の立場におれは同情した。

翌朝、渋谷に向かった。会社の詳しい場所は昨晩インターネットで調べていた。ついでに会社のホームページをはじめ、いろんな情報も見て回った。

グローバルトレーディングは三十年ほど前に設立されている。資産運用の会社としては業界でも有名だということだった。

十時五分前、グローバルトレーディングの入っているビルの前に着いた。渋谷はときどき来るが、駅近くにこんな巨大なビルがあるとは気づかなかった。

二十階建てのそのビルに入り、総合受付へと進んだ。グローバルトレーディングの柳沼さんと約束があると告げると、あっさり入館証をくれた。

エレベーターで三階に上がる。広くて清潔な空間がおれの前に広がっていた。静かだった。話し声などはしない。デスクに人が座っているのが見えたが、彼らはパソコン端末に向かって黙々と仕事をしていた。

会社というより教会のようで、働いている連中は修道僧のように見えた。

受付に制服姿の女の子が二人座っていた。柳沼さんと約束があるのですがと言うと、お待ちしておりました、と言われた。なんという手際のよさだ。

女の子の一人が立ち上がり、フロアの中に案内してくれた。どこまで行っても果てがないような廊下を歩いていくと、いきなり真っ白なドアが目の前に現れた。

こちらです、とドアを開ける。何だかSF映画のようだと思いながら入っていくと、本当にSF的な空間がそこにあった。

白いテーブル、白いソファ、白いデスク。デスクにはパソコンが置かれている。窓はない。スタイリッシュな部屋だった。

壁には作り付けの本棚があり、そこには洋書がずらりと並んでいた。株の取引をする会社なのに、何でこんなオシャレな部屋が必要なのだろうと思いながら本の背を眺めていると、ドアが開いて初老の男が現れた。

首から社員証をぶら下げている。顔写真と名前があった。柳沼光昭という文字が読めた。

「どうも……はじめまして」

「川庄と申します」

男が背広の内ポケットからケースを取り出し、名刺をくれた。グローバルトレーディング資産運用部第一部長と肩書きにあった。

おれもコンビニの名刺を渡す。おかけください、と光昭がソファを指さした。

「警視庁の夏川さんから話は伺ってます」ぼそぼそとした声で言った。「裕美のことを捜そうとしてくれているとか……」

改めて光昭を見た。五十代半ばぐらいだろうか。身長は百七十センチか、もう少し低いかもしれない。ちょっと小太りだが、腹はそれほど目立っていなかった。

顔色がやや白いのが目についた。ほとんど外出せずに仕事をしているのだろう。デスクワーク専門ということなのか、明らかに運動をしていない人間の体つきだった。

ネクタイは濃い赤だ。チャコールグレーの背広を着ている。お気に入りなのか、かなり着古しているように見えた。袖が少し余っていて、ひと言で言うと、どこにでもいるサラリーマンのように見えた。だが、トレーダーとしての腕は業界でもトップクラスだという。人間を見かけで判断してはいけない。

「妻からも聞いています。友人の紹介で、あなたと会ったと。興信所の方ではないと聞いています。人捜しのプロではないという意味なのでしょう。正直申し上げますと、そんな方に裕美を捜せるのかと思っていましたが、夏川さんがどうしても会えとおっしゃる。彼女はとても優秀で、熱心だし、恩義もある。とりあえず会うと返事はしたんですが……」

おれを見つめた。うさんくさそうな視線だった。それはそうだろう。

光昭の立場だったら、おれもそんな目付きになったに違いない。非礼を咎《とが》める気はなかった。

「お忙しいのはわかっています。お邪魔になるようなら失礼しますが」

「いや、そういう意味じゃありません」光昭が苦笑した。「あなたをどうこう言ってるんじゃないんです。ただ、興信所についてはちょっと懲りてましてね。何人もプロに頼んだのですが、彼らは裕美を見つけることができませんでした。警察の捜査に支障を来すこともあったんです。中には手に入れた情報をマスコミに売るような悪質な者もいましてね。警察に勝るものはないというのが私の結論です」

「同感です。警察に捜せなかったものが、ぼくに捜せるとは思えません」

おれはうなずいた。本気でそう思っている。光昭が一瞬、驚いたような顔をして、その目が少し光を帯びた。

「夏川さんがあなたに会うことを勧めたのがわかるような気がします……あなたは人捜しのプロではないかもしれないが、何かを見つけてくれそうな感じがする」

コーヒーでもいかがですかと言った光昭が、返事を待たずにテーブルの上のボタンに触れた。

コーヒーを二つ、と告げて手を放す。ソファに深々と座り直した。

「……何から話しましょうか」

「娘さんは去年の四月二十日、午後三時頃に姿を消したということがわかっています」

おれは質問を始めた。「その時あなたは会社にいたということですが」

「このビルにいました。私の部屋に」光昭がうなずいた。「仕事をしていました」

「その時のことを覚えていますか?」

「もちろんです。あの日は忙しかった。投資をしたいという企業が数社来ましてね。私の意見を聞きたいという。いろいろと話しました。かなり時間を取られたという覚えがあります」

「奥さんから、娘さんが帰っていないという電話があったのは何時頃でしたか?」

「五時半頃です。携帯に連絡がありました。裕美が帰ってこないけど、どうしたらいいかと……今思い出すと悔やまれるのですが、その時は深く考えなかった。そういうこともあるだろうというふうにしか思いませんでした。しばらく待ってみようと言いましたが、その時点で警察に連絡していたらと思うと……」

「打つ手はあったかもしれない?」

ええ、と光昭が力無くうなずいたが、実際問題として考えると、おれも光昭と同じように対応しただろう。

「それから家に帰った?」

「確かひとつ会議か何かがあって、社を出たのは六時半頃でした。七時過ぎに家に着きましたが、裕美はまだ帰ってきていないという。その時初めて、ちょっとおかしいなと思いました。妻がそれまでの間に学校や友人関係にいろいろ聞いていたため、事情ははっきりしていました。胸騒ぎというか、嫌な予感がしました。私の仕事は、単純に言えば株の運用です。仕事柄、先を予測する能力が必要になりますが、それがその時強く働いた。警察に連絡することを決めたのは私の直感です。そうしないではいられなかった」

「実際、あなたの勘は当たっていた。娘さんは行方不明になっていた」

ドアがノックされた。さっきの女の子がお盆にコーヒーを二つ載せて入ってくる。テーブルにカップを置き、会釈して出ていった。

「それからのことはよく覚えているような気もしますし、はっきりしないところもあります……警察が来て、大騒ぎになった。私も警察と一緒に裕美を捜しに出ました。ひと晩中近所を捜し回りましたが、見つかりませんでした」

コーヒーをどうぞ、と光昭が言った。おれはミルクをカップに注いだ。

「最初はそんなに心配していなかった。いや、もちろん心配ではありましたが、すぐに見つかると思っていました。子供が迷子になるのはよくあることです。捜せば必ず見つかる。警察からは大勢の人が来ていましたので、人数に不安はありませんでした。夜明けまで捜したのですが、見つからなかった。朝になり、警察の人が、誘拐の可能性が考えられると言った。そのための捜査員が招集された。家に刑事が入り、私と妻に事情を話すことを強く要請しました。いろんなことが考えられた。裕美が死んでいるかもしれないという思いが胸をよぎり、私は心底怖くなりました。それははっきり覚えています」

「警察には何を聞かれましたか？」

「何もかもです。私と妻の毎日の生活、家の資産状況、会社での私の立場、仕事の内容、すべてを正直に話すように言われました。プライバシーも何もありません。夫婦仲についても聞かれましたし、身内に金に困っている者はいないかとも聞かれました。容赦はなかった。警察は私たち夫婦についても何らかの疑いを持っていたようです。子育てに悩んでいなかったか、虐待の事実はなかったかというようなことを、学校関係者や通っていた幼稚園の人たちにも聞いて回っていたと後で知りました。見当違いな話ですが、それも仕事のうちなんでしょう。仕方がないことだと思っています」

「あなたがたお二人は職場結婚だと聞きましたが」

「そうです。この会社で知り合いました。純菜が新入社員として入社してきた時、私は資産運用部で働いていました。純菜は経理部でしたが、他部署と比較して関わりは深かった。縁があったのでしょう。いろいろありましたが、結婚することになった。今から八年前のことです」

「失礼ですが、今おいくつですか？」

「四十九です」光昭が苦笑した。「大学を卒業して、この会社に入りました。入社してすぐ、今の部署に配属された。それ以来、ずっとこの仕事をしています。ご存じかどうか、株の運用というのは博奕に似ています。毎日が緊張と興奮の連続でした。個人的な意見ですが、女性などよりよほど面白いというのが二十年以上働いた上での私の実感です。正直に言いますと、学生時代から恋愛とかにはうとい方でしてね。どうでもいいと思っていたというとおかしいかもしれませんが、あまり興味を持てなかった。仕事に夢中でした。そのため、ずっと独身でした」

「だが、奥さんと出会った」おれは笑いかけた。「心境が変わりましたか？」

「そうですねえ……その頃、ちょうど人生について考え始めていたところでした。株のトレーダーという仕事は長く続けられるものではありません。精神が激務に耐えきれなくなるということもありますし、能力が追いつかなくなっていくということもある。私は普通と比べたらかなり長くやってる方ですが、どこかで限界は来ると感じていました。しかし、仕事を辞めても人生は続きます。むしろそれからの方が長いかもしれない。そんな時、純菜と会ったわけです。すべてはタイミングでした」

「幸せでしたか？」

「ええ。仕事があり、家庭を持つことができた。結婚を機に家を買い、そこで暮らすようになった。娘も生まれた。経済的には余裕がありました。五十になったら引退して、どこか南の島へ移住して暮らそうという夢もあったし、それをかなえられるだけの金もあった。何も問題はなかった。裕美がいなくなるまでは……」

光昭が白髪交じりの頭に手をかけた。おれは、コーヒーに口をつけた。

5

話をしたのは一時間ほどだった。わかったのは、光昭がいかに娘と妻を愛していたかということだ。

天才的な株のトレーダーであり、莫大な報酬を得ていた光昭だったが、話してみれば普通の男だった。何よりも妻子を大事に思い、幸せな暮らしを守ろうとしていた。

行方不明になった娘のことを今も考え続け、戻ってきてほしいと強く願っている。おれにはそれがよくわかった。

最後に、総務の社員を紹介してほしいと頼んだ。光昭と純菜について、もう少し詳しい情報を知りたかったのだ。光昭はおれの頼みを聞き入れ、総務部長のところに連れていってくれた。

総務部長は今野《こんの》といって、五十代の大柄な男だった。

光昭が紹介してくれ、おれはこれまでの経緯を今野に話した。今野が怪訝な顔をしていた。当然だ。おれだって逆の立場ならそういう顔になる。

「いろいろわかっていることを川庄さんにお話ししてください」

光昭はそう言って、自分の部署に戻っていった。

事件直後、警察が来ましてね、と今野が言った。不愉快そうな顔になっていた。

「業務が一時ストップするほどの騒ぎでして……警察が事情を調べるために会社に入った。総務はその対応に追われ、日常業務が手につかなくなった。大騒ぎです」

「警察っていうのはねえ。遠慮がないですからね」

おれはおもねるように言った。そうなんですよ、と今野が暗い表情になった。

「うちの会社はクリーンです。最近できたその辺の会社のように、顧客に嘘八百を並べて騙すようなことはしません。真っ当な仕事をしています。そんな会社に警察が入ったというのは外聞が悪い。痛くもない腹を探られることになる。柳沼部長には同情しますが、起きてほしくない事件でした」

今野は事件について、迷惑な話だというスタンスを取っていた。気持ちはわからなくもないが、総務部長としてその態度はいかがなものか。

「もちろん、一番大変なのは柳沼部長です」慌てたようにフォローした。「それはわかっています。会社としては事情を踏まえ、できる限りのことをした。具体的には無期限の休職扱いとして、ペナルティは課さない。給料は払い続ける。戻ってこれるようになったらいつでも復帰してほしい。そう対応しました」

それからも今野は喋り続けた。総務部がいかに光昭と娘の事件について配慮したか、ということだ。

だが、おれはそんな対外的なコメントが聞きたいのではない。そんなことは警察もとっくに調べていることだろう。

おれが知りたいのは柳沼光昭という人間だった。そのためにはこのオッサンでは役不足だ、という結論に達した。

三十分ほど話しながら、周りの様子を窺った。おれは闖入者《ちんにゅうしゃ》だ。こんなまともな会社には似つかわしくない。そんなおれのことに興味を持つ人間がいるはずだ。

読みは当たった。総務部デスクの方から、ちらちら視線を送ってくる四十代のオバサンがいた。捜していたのはそういう人物だった。

今野と話しながら機会を待った。それほど長く待つ必要はなかった。今野がトイレに立ったのだ。

すかさず総務部デスクに近づき、目をつけていたオバサンに笑いかけた。社員証に辻《つじ》本尚子《もとなおこ》という名前があった。

反応は悪くなかった。向こうも微笑んでいる。トライしてみてもいいだろう。うまくいかなくてもともとだ。

「大きな会社ですねえ」

おれは話しかけた。他の社員はデスクに向かって黙々と仕事をしている。辻本が完全にこっちを向いた。

「どうなんでしょうか……同じような業種の会社があるのは知ってますけど、大きいかどうかはわかりません」

「オフィスもきれいだし、環境もいい」

羨ましい限りです、と言った。辻本がそんなおれをじっと見ていたが、失礼ですけど、と顔を近づけてきた。好奇心が抑え切れなくなったようだ。

「ちょっとお話が聞こえたんですが……柳沼部長の娘さんのことでいらしたんですか？」

総務部にいた社員たちが一斉に聞き耳を立てたのがわかった。柳沼光昭の身に起きた事件は、彼らにとっても格好の話題となったのだろう。今でもみんな詳しい事情を知りたがっているのだ。

「知り合いが部長の奥さんの友達でして。調べるように依頼されました」

「警察の方……ではありませんよね。あなたも興信所の方？」

ちょっと不安そうな顔になった。あなたも、ということは興信所の連中もこの会社に来たことがあるのだろう。あまり愉快な経験ではなかったようだ。違います、と答えた。

「そうではありません。友人として、柳沼裕美ちゃんのことを捜しています」

辻本が戸惑ったように笑った。友人というのは曖昧な言葉だ。どのようにでも解釈できる。

もちろんおれもそれがわかっていたから、友人という言葉を使ったのだ。名刺を取り出して辻本に渡した。

「川庄といいます。これはわたしの勤務先の電話番号で、こちらは携帯の番号」

辻本がうなずいた。お忙しいのはわかっていますが、と丁寧に話を続けた。

「お時間がある時にでも連絡いただけませんか。詳しい事情が知りたいんです。実は……」おれは声を潜めた。「裕美ちゃんに関する重大な情報がわかったんです。もしかしたら裕美ちゃんを救えるかもしれない。そのためには関係者の助けが必要です。いつでも結構です。話を聞かせてもらえませんか」

裕美に関する重大な情報がわかったというのはもちろん真っ赤な嘘だ。だが嘘も方便という。うまく使えば効果的だ。辻本というこのオバサンの好奇心を刺激して、連絡をさせるには必要な嘘だった。

「娘さんは生きているんですか？」

果たして辻本は食いついてきた。そりゃあ知りたいだろう。裕美に関する情報は長い間入っていないはずだ。

新しい情報に誰もが飢えている。おれに聞けばそれがわかるかもしれない。

多少のことはあってもコンタクトを取ろうとするはずだった。まだはっきりしたことはわかりません、とおれは首を振った。

「ですが、可能性はある。あなたも無事に娘さんが戻ってくることを望んでいるでしょう？　そのためには協力が必要なんです。ご連絡をお待ちしています」

視界の端に今野が戻ってくる姿が映った。よろしくお願いしますと言い添えて、元いた席に戻る。

今野がハンカチで手を拭いながら、どこまで話しましたかな、と言ってソファに座った。どこまででしたっけ、と笑いかけた。

6

十一時半、おれはご協力を感謝しますと今野に言って会社を出た。そのまま勤め先のコンビニに電話をして、持病の痔が悪化したので今日は休むと告げた。電話に出たのはアルバイトの主婦だったが、お大事にと言っただけだった。

おれは近くにあった喫茶店に入り、テーブルに携帯を置いてコーヒーを飲んだ。十二時を数分回ったところで呼び出し音が鳴った。

「川庄です」

「そう、川庄さんでしたね」女の声だった。「先ほどお会いしたばかりですが、辻本と申します。グローバルトレーディング総務部の者です」

　先ほどは失礼しました、とおれは言った。

「さっきの話なんですけど」辻本が声を潜めた。「柳沼さんのお嬢さんが見つかるかもしれないというのは、本当なんですか？」

「まだはっきりしたことは言えませんが、これまでとは状況が変わってきたということは言えるでしょう。もちろん他言無用ですが、辻本さんにはお話しします。今までとは話が違ってきているのは確かです」

「本当ですか？　それはいいことなんでしょうか？」

「もう少し詳しい話をしたいと思っています。今、会社ですね？」

「はい」

「道を一本渡ったところに、グーフィーという喫茶店があります。ご存じですか」

「グーフィーなら知ってます」

「わたしはそこにいます。いかがでしょう、ちょっとご足労願えませんか。時間は取らせません。この店にはランチもある。お昼休みですよね。少しお時間いただけないでしょうか」

　すぐに行きます、という返事があった。五分後、辻本が店に入ってきた。改めて見ると、四十をいくつか過ぎているのがわかった。身長は低い。丸い顔には独特の愛嬌《あいきょう》があった。

「わざわざすみません」おれは立ち上がって、辻本を招き入れた。「どうぞ」

「柳沼さんのことはねえ」辻本が座りながら心配そうに言った。「社員はみんな同情しているんですよ。かわいそうにって。あんないい人がねえって」

わかりますよ、とうなずいてメニューを差し出す。しばらく迷っていた辻本が、じゃあカルボナーラのパスタランチを、と言った。

店員を呼んで注文を伝えた。辻本がテーブルにピンクのポーチを置く。

「お嬢さんは見つかったんですか?」

いきなり質問が飛んできた。声が好奇心で溢れている。

典型的な噂好きのオバサンの顔になっていた。柳沼部長とは、と逆に聞いた。

「親しいんですか?」

「うちの社員は百人ほどです。それほど大きいわけではありません。社長の方針もあって、家族的な会社です。社員は皆お互いのことをよく知っていますし、何しろ柳沼さんはうちの会社でも独特な存在です。総務的にもフォローしなければなりませんので、そういう意味を含めれば親しいと言っていいんじゃないでしょうか」

「独特な存在とおっしゃいましたね。どういう意味でしょうか」

「こんなことあんまり大きな声じゃ言えないんだけど」辻本の目が光った。「うちの会社は柳沼さんでもってるようなもんです。売上の半分近くが柳沼さんの稼ぎだということは、みんなわかってますよ。本人はああいう人だから、別にそれを鼻にかけたりするようなことはないけど、まあやっぱり周りの人はねえ……そりゃあ気を遣いますよ」

「大変ですねえ……ああいう人というのは？」

「柳沼さんはね、仕事が大好きなんですよ。努力してるとか、一生懸命になってるとか、そんなのとはちょっと違う。本当に楽しんでるっていうか……なかなかあんな人いないと思いますねえ」

「仕事馬鹿ってことですか」

「そうは言いませんけど……そういうことになるのかしら」辻本がおれを見つめた。

「うちの会社のトレーダーは歩合制で、柳沼さんのように凄い額を稼ぐ人もいます。青天井なんです。利益を上げた人には相応の報酬を支払う。そういうことになっています。だから柳沼さんもあたしみたいな一般職の人間には想像もつかないような大金をもらっています。でも全然あの人には関係ない。毎日同じ背広を着て出社して、毎日パソコンに向かい合って、毎日同じ近所の蕎麦屋できつねそばを食べて、みたいな。平和な人ですよ」

　辻本がぺらぺら喋っているところに、カルボナーラが運ばれてきた。どうぞ、と勧めると、そうですかとか言いながらフォークを取った。

「わたしも先ほどお会いしたんですが、普通の方に見えましたね」

「普通か普通じゃないかよくわかんないんですけど」辻本がパスタを大きな口でほお張りながら言う。「お金があるんだから、普通ならもうちょっと遊ぶんじゃないかしら。うちの主人だったら何をするか、知れたもんじゃない」

「酒を飲みに行ったりとか、そういうことはないんですか?」

「柳沼さんは飲めないんですよ」辻本が手を振った。「アルコールが駄目なんですって。人づきあいも下手だし、たぶん本人も面倒臭いんじゃないかしら。お昼も一人で食べるし、会社が終わってから誰かとどこかへ行ったみたいな話は聞いたことがない」

「そういう人もいますよ」

「ちょっと普通じゃないと思いますよ。自分のためにお金を使っているところは見たことありません。身なりにも気を遣わないし、趣味があるわけでもないし……。車はどうだったかしら?」

「家を買ってますよ」

ああそうね、と辻本が手を叩いた。フォークを持ったままなので、カルボナーラのソースが辺りに飛び散ったが、どうでもいいようだった。

「大きな家だと聞いてますよ。吉祥寺に豪邸を建てたって、社内でも評判になりました。そうですよね、お金持ちっていうのはそういうところにバーンって使うってことですかねえ」

　おれはまだ柳沼夫婦の家に行っていない。なるべく早く行ってみようとは思っていたが、その前にやらなければならないことがたくさんあった。

　だからまだ家を見ていないのだが、住所は知っている。新生町だというが、あの辺りに建てたというのなら大きな家であろうことは想像がついた。

「まあ、純ちゃんのためでしょうけどね。純ちゃんと娘さんのためか。柳沼さんはそういう人じゃないと思ってたんだけど、やっぱり男の人はそういうもんですよね。家族が大事ってことになるんでしょう」

「純ちゃん、というのは奥さんの純菜さんのことですよね。辻本さんは彼女とも親しかった？」

「純ちゃんは経理部だったんだけど、仕事上総務とは関係が深かったから、自然と親しくなりましたよ」

「どんな方ですか？」

「どんな……まあ目立つ方でしたよ。会ったことはあります？　何しろ美人ですからね。入社当時はずいぶんうちの男たちも色めき立ったものです。うちの会社はどんどん人が入れ替わる方なんですが、そのせいで平均年齢も若いし、独身の男も多い。最初のうちはいろいろ誘われたりとか、そんなこともあったみたい」

「純ちゃんは凄く真面目な子で」パスタを食べ終わった辻本がフォークを置いた。「これ、コーヒーとかついてるのかしら。ついてる？　あらそう、じゃあ頼んだ方がいいのかしら……何でしたっけ？」

「最初のうちは？」

「彼女は真面目な子だったと」

「そうそう。ちょっと融通が利かないんじゃないかっていうぐらい堅い子で、いろいろ声がかかったみたいだけど、全部断ってたっていう話です」

「男性関係はなかったと？」

「学生時代の事は知りませんよ。それなりにいろいろあったでしょうよ。あたしみたいなのとは違って、スタイルもいいし、きれいだし、礼儀もきちんとしているし、男の人が好きそうな顔をしているし、そりゃもてたんじゃないかしら。だけど、会社に入ってからは噂になるようなことはありませんでしたね。時間通り会社に来て、仕事をして、退社時間になれば帰っていく。そういう子でしたよ」

辻本が店員を呼んで、飲み物を注文した。コーヒーはカフェオレにならないのかとか聞いている。好きなものを頼んでくれ。それよりも話の続きだ。

オーダーした辻本が、落ち着いたのかテーブルの上にあった爪楊枝で歯をせせりだした。慣れた手つきだった。

「そんな彼女が選んだのは柳沼部長だった。かなり歳が離れていますよね。交際していたことは知っていましたか？」

知りませんよお、と辻本が大声を出した。爪楊枝がどこかへすっ飛んでいった。

「わかったのは柳沼さんと二人して総務へやって来て、結婚の報告をした時です。ちょっとしたパニックでした。柳沼さんは直属の取締役にも言っていなかった。まあ柳沼さんらしいといえばそういうことなんですけど、とにかくあまりに突然のことで、みんなどうしていいのかわからなかった。いい話ですからね、もちろんおめでとうって、良かったねってことなんですけど、それにしてもあんまり急で……」

「二人は交際していることを誰にも言わなかった？」

「誰にも。柳沼さんは親しい人がいないというのもあるし、純ちゃんもぺらぺら言って回るような子じゃないし。恥ずかしいということもあったんでしょう。いくつ離れてるんだっけな、十五歳とかそれぐらいだったかしら。言いにくいのもわかりますけどね」

「どれぐらいつきあっていたんでしょう」

「一年か一年半か……それぐらいじゃないかしら。純ちゃんは結婚が決まってから退職届を出したんですけど、それがちょうど彼女が入社して三年目になるところだったから、それぐらいじゃないですかねえ」

「年齢も離れてるし、社内的にも部署が違いますよね。どうしておつきあいすることになったんでしょう?」

「男と女のことですからね。きっかけはわかりませんけど。ただ、接点はあったんです。柳沼さんは会社のかなりの利益を生み出してたわけですけど、そのために経理に専属の担当者がいたんです。柳沼さんの経理的な処理をする人間がね。純ちゃんが配属されたのはその担当者のいた係でした。当然、日常的に柳沼さんと会わなければならなかった。まあその辺でしょうね、きっかけっていうのは」

「柳沼部長は、気軽に年下の女性を誘うようなタイプには見えませんでした。むしろ、そういうことは苦手なように見えましたが、どうなんでしょう」

「そうねえ……柳沼さんは役職こそ部長に留まってますけど、それは本人が希望しているからで、実際には下手な役員より社内的な立場は上でした。そろそろ五十歳ぐらいだと思うんですけど、社歴も長いし、いくらでも偉そうにできる人です。でも、そういうところはまったくなくて、あたしたちみたいな年下の社員にもいつも丁寧語で話しかけてくるような、そんな人です。特に女性社員に対しては相手がどんなに立場が下でも、常に敬語で接していました。あれははっきりいって女が怖いんだとみんな噂してましたよ。苦手というか、できれば避けて通りたいと思っている。変わった人です」

「それが、奥さんにだけは心を開いた。男女の仲というのはわからないものですね」

まったく、と辻本が笑った。オバサン特有の笑い方だった。

「まあねえ、だけど二人にとっては良かったと思いますよ。柳沼さんは一人が長かった。もっと幸せになっていい人だった。いくらお金があっても、孤独死するんじゃ寂しすぎますよ。純ちゃんは純ちゃんで、あの子、早々にお父さんを亡くしているから、年上の人が良かったんでしょう。苦労したでしょうから、柳沼さんみたいな優しい人と結婚できて幸せだったと思います」

「お父さんが亡くなっているんですか？」

「あたしは総務部ですからね。社員の家庭の事情はよくわかってます」

それは個人情報で、あまり外部の人間にぺらぺら喋ることではないのではないかと思ったが、本人はまったく悪気はないようなのでおれは黙っていた。

「入社後、会社に提出する書類に、父親の欄は何も書かずに出したんですよ。どういうことって聞いたら、父は小学生の時に病気で亡くなりましたとか言ってました。身内との縁の薄い子で、お母さんとも死別して親戚の家で育てられたとか……いろいろあったんでしょうよ」

「父親に対する憧れみたいな心理もあったんですかね。年上の男に魅かれるというか」

「あたしにはわかりませんけどね。あたしの父親はアル中一歩手前で、家にいる時はいつも酔っ払っていましたから、子供としては迷惑な父親でした。あんまり好きじゃなかったし、去年死んだんですけど、死んだ時にはああよかったって。面倒臭い人がいなくなったって。考えてみてくださいよ、あたしにとってあの人は……」

それから数分、辻本は自分の父親についての文句を言い続けた。こういう女は話を聞いてやらないと次へ進まないことを経験上知っていたので、黙ってうなずいていた。

ひとしきり喋ったところで、何の話でしたっけ、と辻本が言った。二人のことですが、と改めて質問した。

「社内的には誰もが祝福したと聞いています。そうなんですか」

「そりゃそうですよ」辻本が目を見開いた。「柳沼さんにお嫁さんをというのは、社長や役員連中は常々言ってたことです。柳沼さんが結婚を、しかも社員とするというのは、誰にとっても歓迎すべき話でした」

「なるほど」

あらもうこんな時間、と辻本がいきなり立ち上がった。おれは時計を見た。一時半を回っていた。

「ごめんなさいね、あたしばっかりべらべら喋っちゃって。何の話をしに来たんでしたっけ？　そうそう、柳沼さんの娘さんが見つかるかもしれないってことよね。詳しい話が聞きたいわ。どういうことなんです？」

「話すと長いんですよ」

「長いの？　短くならない？　あらそう、残念だわあ。川庄さんっておっしゃいましたっけ。またお話、聞かせてくださいます？　連絡してもいいかしら」

どうぞどうぞ、とうなずいた。辻本に警戒心はまったくないようだった。というより、好奇心がそれに勝っているのだろう。社内の人間に起きた出来事について、すべてを誰よりも早く知りたいという顔になっていた。

「すいませんね、バタバタしちゃって。とりあえずあたし、会社に戻ります。ここの支払いはどうしましょう。お任せしちゃっていいのかしら？　そうですか、じゃあよろしくお願いしますね。また連絡します。よろしく」

辻本が慌ただしくその場を離れていった。疲れた、とおれは店員を呼んでコーヒーのお代わりを注文した。席には食い散らかしたランチセットの残骸だけが残っていた。

7

井の頭線で吉祥寺に戻り、その足で新生町に向かった。事件現場を見るためだ。だいたいの見当をつけて道を進んでいくと、住宅街に出た。大きな家が多い。成功者が大きな家を建てて幸せに暮らす。そういうイメージができる場所だった。

この辺だろうか、と広い通りから一本中へと入った。吉祥寺に住んで長いし、方向感覚もいい方だ。おれの読みは正しく、少し歩いたところに女の子の失踪を知らせる看板があった。看板には、失踪した日時や女の子の顔写真、身長、体重、失踪時の服装が記載され、情報をお持ちの方は武蔵野警察署まで連絡を、と電話番号が明記されていた。

ここで柳沼裕美は行方がわからなくなった。この角まで、友達と一緒に帰ってきたという。

辺りを見回した。人通りはない。静かな道だった。

時計を見ると二時半を少し回ったところだった。別に狙ったわけではないのだが、裕美が姿を消した午後三時に近かった。

付近には家が立ち並んでいるが、誰も出てくる気配はない。

警察も苦労しただろう。目撃者が見つからないのは当然だ。

この辺の家に住んでる人は、用事がなければ外には出ない。外を見ることすらないだろう。その必要がないからだ。

暮らしは家の中で完結している。静かで平和な日々。邪魔するものはない。ここはそういう場所だった。

通りに目をやった。裕美が通っていた小学校は、ここから南へ五百メートルほど離れたところにある。そこまでの道は一本で、途中コンビニが一軒あるが、それ以外に店などはない。子供が寄る場所はなかった。

裕美は友達数人とこの道を歩いて帰った。普段通り、いつもの道を歩いた。

何か起こるとは思っていなかっただろう。友達が一人減り、二人減り、自宅から百メートルのここで最後の友達と別れた。

煙草が吸いたくなったが、そぐわない場所だと感じて我慢した。クリーンで清潔なこの道に吸い殻をポイ捨てでもしたら、マナー違反どころか人間失格の烙印を押されるに違いない。

おれはこんな所には住めないなと思いながら、道を進んだ。すぐに目的の場所に着いた。

付近でも一際《ひときわ》大きな家がそこにあった。表札に、柳沼、という太い文字が書かれている。言うのが馬鹿らしくなるほど、その家はでかかった。

大きな門がある。そこから玄関まで数十メートルの道が続いていた。横に駐車スペースがあり、わかりやすく一台のベンツが駐められている。

広い庭があった。よく手入れされた芝生で覆われている。

庭にはブランコが設置されており、その向こうには少し小さいがプールまであった。庭は更にその奥まで続いているようだが、ここからでは見ることができない。

何だ、これは。金持ち丸だしじゃないか。

建坪は三百坪ほどあるのではないかと思われた。二階建てで、壁は茶のタイル張り。近所の家と比較しても、明らかに群を抜いて大きかった。

いくらぐらいしたのだろう、と下世話なことを考えた。この辺は地価も高い。土地代だけでも数億はするだろう。そこにこれだけの家を建てたのだから、全部で五億はいくのではないか。

しばらく家を眺めていた。不審者扱いを受けて通報されてもおかしくはなかったが、その時はその時だ。飽きることなくおれは家を見続けた。

玄関のドアが開いた。そこに立っていたのは純菜だった。

おれを見て、手を振った。おれも手を振り返した。それだけの距離があった。

ゆっくりと純菜が歩いてきて、門のところまで来た。こんにちは、とおれは言った。純菜がにっこり笑った。

「立派な家ですねえ」

とんでもありません、とは言わなかった。謙遜したら厭味になることを知っているようだった。

「どうぞ」

「いいんですか」

そのためにいらしたんでしょう、と純菜が微笑んだ。おれは門の中に入っていった。

8

リビングに通されてしばらく待った。純菜がティーポットとティーカップを二つトレイに載せてきた。

おかけになってくださいと言われるまで、自分が立っていたことに気づかなかった。おれはリビングを呆然と眺めていたのだ。

「広いですねえ……」思わず、ため息が漏れた。「天井も高い」

リビングは二階まで吹き抜けになっていた。ホテルのような造りで、実際雑誌などで見る海外のリゾートホテルのロビーによく似ていた。

お茶をどうぞ、と純菜が言った。おれはソファに腰を下ろした。

「ぼくが来ていたことにはすぐ気づきましたか」

「あそこに映ったので」

純菜が壁にあった機械を指さす。セコムと印刷されたシールが貼ってあった。

「警備会社と契約しているんです。門のところにカメラがあって、誰か来れば自動的に撮影が始まります」

これだけの家だ。セコムでもアルソックでも、雇っていなければ心配だろう。

「ぼくが間抜け面して映っていましたか」

純菜が微笑む。おれはティーカップを手にとった。ウエッジウッドだった。

おれたちは紅茶を飲みながら、しばらく黙っていた。静かだった。

道から少し引っ込んでいるせいか、車の通る音や人の話し声なども聞こえない。もともとこの辺は静かなのだが、この家は特別なようだった。

「現場は……ご覧になりましたか」

純菜がティーカップを置いた。現場というのは裕美がいなくなった場所のことだろう。おれは小さくうなずいた。

「あの子はそこまで帰ってきていたんです。子供の足でも、家まで一分というところでしょう。そこで姿を消した。どこへ行ったのかはわかりません」

言う通りだった。門の外に出れば、裕美がいなくなった場所を見ることもできる。道は一直線で、見通しは良かった。

警察は誘拐の可能性を考慮していると夏川は言っていた。金なのか、裕美本人なのか、家庭に何か恨みがあったのか、狙いはいろいろ考えられるが、警察の想定はそう外れてはいないだろう。

裕美はすぐそこまで帰ってきていた。家までの道は迷いようがない。

自分の意志でどこかへ行ったとは思えない。第三者がいたであろうことは間違いなかった。

誰が犯人であるにせよ、そいつはよほど豪胆か、相当な馬鹿であることが想像できた。犯人が裕美をさらった時、日はまだ高い。何かすれば人目につく時間だ。

犯人は裕美が一人になるのを待っていたのだろう。だが、実際に裕美が一人になったのは自宅から百メートル地点で、付近には住宅が立ち並んでいた。

誰が見ているかわからない。そのわずか百メートルの間に裕美をさらっていくというのは、まともな神経の持ち主ではないだろう。

「……何をしてたんです？」

おれは聞いた。別に、と純菜が答えた。

「ここに座っていました。何もしていません」

リビングを見回した。テーブルの上に携帯電話が置かれている。重厚なテーブルはよく手入れが行き届いており、落ち着いた雰囲気だったが、無機質な携帯電話のフォルムはそれに合っていなかった。

テーブルにはもうひとつ、固定電話の子機が載っていた。それもまたふさわしくない光景だった。

警察なのか、他の誰かからなのかわからないが、純菜はこの広い家でかかってくる電話を待っている。娘が見つかったという連絡を、じっと息を潜めて待っている。

電話はいつかかってくるかわからない。純菜の方から電話をかけることはできない。できるのは、ただ待っていることだけだった。

「……捜さないでください、とお話ししました」純菜が口を開いた。「裕美のことは諦めたんです。なのに、あなたはもう一度わたしに裕美のことを思い出させようとしている。とても残酷なことです」

娘がいなくなって一年、その行方はわからない。新しい手掛かりもなければ情報もない。

一年というのは決して短い時間ではない。最悪の事態も十分に考えられた。これ以上ショックを受けないためには、諦めてしまうのが一番簡単だ。

だが、本当のところはそうではないのだろう。諦めたと言うが、その行動は諦めた人間のそれではなかった。

四月のよく晴れた日に、外出もせずに家に籠もっている。いつかかってくるかわからない電話を待つためだ。

娘が見つかったという知らせを聞くために、ただじっと待っている。諦めたと言うのなら、そんなことをする必要はない。

「……余計なことだとはわかっています。あなたには迷惑なことかもしれない。ですが、調べてみたいと思っています」

純菜は何も言わなかった。ただ肩をすくめただけだった。

「今日、ご主人の会社に行ってきました」おれは言った。「ご主人と会ってきました。優しい方ですね」

「ええ」

「ぼくのような者にも真摯《しんし》に対応してくれました。なかなかできることじゃない」

「主人は……わたし以上に裕美のことを心配しています。無事に帰ってくることを信じています。そのためなら何でもするでしょうし、捜してくれる人がいるのなら協力は惜しまないでしょう。興信所に頼んで裕美を捜してもらうことを言い出したのも主人です。川庄さんのこともそういう人の一人だと考えたのでしょう」

「かもしれません。もっとも、興信所には懲りたとおっしゃっていましたけどね」

「あの人たちはわたしたちのプライベートな部分にもずかずかと入り込んできて……さんざんお金を使ったあげく、手掛かりひとつ見つけられませんでした。警察の捜査の妨害をすることも平気です。嫌なことがたくさんありました。もうああいう人たちに頼むのは止めよう、というのが主人とわたしの結論です」

「わかりますよ」

「主人とは、どんな話をされたんですか」

紅茶のお代わりはいかがですか、と純菜が勧めてきた。いただきます、とカップを前に出した。

「いろいろです。ご主人は最初にあなたから連絡があった時、警察に通報すべきだったと悔やんでおられました」

「それは事件後何度も言ってました。もっと早く通報していれば、見つかったのではないかと……そうかも知れませんが、主人の対応は当然だったと思います。夕方のあの時点で警察には……」

おれたちはまた黙ってお茶を飲んだ。純菜にとっておれは招かれざる客で、迷惑な存在だったはずだが、そんなそぶりは見せなかった。

沈黙も気にならなかった。時間だけがゆっくりと過ぎていく。時々純菜の方を見ると、静かに微笑んでくれた。

二時間ほどそうしていただろうか。外を見るとまだ明るかった。

「あの……」

純菜が何か言いかけた。何でしょうかと言った時、おれの携帯が鳴り出した。液晶画面を見ると、公衆電話という表示があった。

今どき、こんなことはめったにない。誰だろうと思いながら電話に出た。

「もしもし、川庄です」

答えはなかった。街のノイズがバックに流れている。

救急車のサイレンの音がかすかに聞こえた。同時に、漫画喫茶の店名を連呼するやかましい声もした。

「もしもし、どなたですか」

おれは顔を上げた。純菜が見ている。しばらくすると電話は切れた。

「どうされました？」

何でもありません、とおれは首を振った。

「間違い電話のようです」

もうこんな時間か、と時計に目をやったおれを純菜が座ったまま見上げた。

「……裕美の部屋をご覧になりませんか」

返事を待たずに立ち上がる。断れる雰囲気ではない。ついていくしかなさそうだった。

長い廊下を進み、いくつかのドアを通り過ぎたところで、純菜が立ち止まった。ここです、とドアを開ける。

広い部屋だった。三十畳ほどあるのではないか。子供部屋としては考えられない大きさだ。

全体がピンクでコーディネートされている。デスクとベッドが目に付いた。

「学習机は裕美が小学校に上がった時に買いました」純菜が言った。「知らなかったんですけど、たくさん種類があるんですね。どれにしようか、すごく迷いました」

デスクの前に立った。女の子らしく、シンプルではあったが可愛らしい造りだった。小学一年生にとって勉強机など何でも一緒なのかもしれないが、物がいいに越したことはないだろう。両親の愛情が籠もっていることがよくわかった。

純菜が部屋の奥に進み、ベッドに腰を下ろす。ピンクの毛布、ピンクの布団、ピンクのベッドカバー。枕元には四、五十体のぬいぐるみが置かれていた。

「裕美は、物を欲しがることはあまりありませんでしたが、幼稚園の頃から犬が飼いたいとは言っていました。小学校に慣れたら飼うことにしよう。そう約束しました。それまでの間こうやってぬいぐるみを集めて、大事にしていました。こんなことならもっと早く犬を飼ってあげるべきでした」

おれは辺りを見回した。物がごちゃごちゃ置かれているわけではない。きちんと整理されたきれいな部屋だった。

「あの日、裕美は学校に行きました。この部屋で支度をして、この部屋から出て行ったんです。帰ってくればこの部屋で過ごすか、リビングでわたしと一緒にいるかのどちらかでした。でも、裕美は帰ってこなかった。この部屋は裕美が出て行ったあの日のままにしてあります。着替えなども揃っています。裕美がいつ帰ってきてもいいようにしてあるんです」

声が続いた。純菜の目から涙が溢れる。おれは何も言えず、ただ立ち尽くしていた。

9

マンションに帰ったのは夜六時過ぎだった。いろいろ考えるところはあったが、やらなければならないこともたくさんあった。

とりあえず、と台所に立った。健人がもうすぐ帰ってくる。

買い置きの食材で適当に炒め物を作っていると、携帯が鳴った。フライパンを動かしながら電話に出ると、かけてきたのは夏川だった。

柳沼光昭さんに会いましたか、と言う。紹介したのが自分なだけに気になったのだろう。律義な女だ。

「会いましたよ」

「どうでしたか」

「どうって言われてもねえ」おれはガスの火を消した。「普通のちょっと疲れたオッサンだなあという印象ですね。会社の人間に聞いたんですが、柳沼さんはグローバルトレーディング社の売り上げの半分近くを稼いでいるそうです。一人でだ。そりゃあ大変でしょう」

「激務のようです」夏川が言った。「肉体的にはともかく、精神的にはハードな仕事のようですね。ストレスも溜まっているでしょう。心配です」

株のトレーダーというのが大変な職業であることは、おれも元銀行マンなのでよくわかっている。

トレーダーが扱う金額は億を越えることなどざらだ。状況を瞬時に判断して、その金を動かす。当然のことだが、利益を出す義務と責任がある。

だが本人も言っていたように、株というのは博奕に近い。振ったサイコロの目が誰にもわからないように、株価がどう変わるかは神のみぞ知るだ。

もちろん、あらゆるネットワーク、人脈、その他さまざまな方法で得た情報を子細に検討し、その上でどうするかを判断するわけだが、結果は人知の及ぶところではないというのが実際のところだ。そりゃあ神経も擦り減るだろう。

柳沼光昭は入社直後からその仕事をしていると言った。今、四十九歳だというから、約二十五年間緊張しっぱなしということになる。

おれはそんな仕事は嫌だ。やれと言われても逃げ出すだろう。

夏川とそれからしばらく話した。マスコミに事件のことをもう一度取り上げてもらうように正式に要請したという。マスコミ各社の反応は悪くないということだった。

「事件についての再検証が始まります」夏川の声が熱を帯びていた。「裕美ちゃんの顔写真なども再び各メディアに流れるでしょう。それを見て思い出してくれる人がいるかもしれない。情報が集まれば捜査態勢も変わります。人員を増やすこともあり得ます。六歳の女の子が姿を消したというのは、市民の誰にとっても他人事ではありません。いつ自分の身に起こってもおかしくない事件です。残された家族の悲しみを想像することは簡単ではありません。裕美ちゃんを見つけなければならないと思っています」

夏川の言っていることを青臭い建前だと言う人もいるだろう。現実にはもっといろんなことがある。子供について考えただけでも問題は多い。

子供がいなくなったのは同情に値するが、警察やマスコミがこぞって取り上げなければならないのか。もっと他にやるべきことがあるのではないか。

そうなのかもしれない。だが刑事も人間だ。

関わった事件に対して思い入れを持つこともあるだろうし、被害者とその家族に深刻なまでの同情をすることもあるだろう。そして、そういう刑事がいてもいいとおれは思っている。

仕事であるという以上の熱意をもって捜査に当たる人間が増えれば、少しでも多くの事件が解決されるのではないか。警察の役割というのは、そういうことだろう。

電話を切るのと健人が帰ってきたのはほとんど同時だった。手を洗ってうがいをしてくるようにとおれは命じた。

健人がリビングを出ていこうとした時、再び携帯が鳴った。液晶画面に、公衆電話、という表示があった。

何か察したのか、健人が戸口で立ち止まってこっちを見ている。不安そうな顔だ。もしもし、とおれは言った。

「川庄ですが」

答えはなかった。風の音が聞こえる。もしもし、と繰り返した。

「誰なんだ？　さっきと同じ奴だな？　何の用だ？」

相手は何も言わない。息遣いの音がする。どういうことなのか。電話を耳に押し当てた。

「聞いてるのか。名前ぐらい言ったらどうなんだ。何が目的だ？」

いきなり電話が切れた。どうしたの、と健人が目で聞いてきた。わからん、と首を振った。

これで無言電話は二回目だ。何も言わず、ただ電話をかけてくる。間違い電話などではないのは明らかだった。

電話をかけてきた人間には何らかの意図がある。おれのことを探っているのか。柳沼裕美事件と関係があるのだろうか。携帯で夏川の番号を呼び出した。

「川庄です。すいません、お忙しいところを」

「いえ、いいんです。どうしました？」

無言電話がかかってきていることを話した。柳沼裕美の行方を捜し始めた途端にこんな電話があったというのは偶然ではないと思うと言った。

まさか、とは夏川は言わなかった。どういうことでしょうか、と不安そうな声になる。

「わかりません。調べてほしいことがあります。今日、四時十二分にぼくの携帯に着信がありました。発信者は公衆電話からかけています。どこからかけてきたのかを知りたい」

「調べるためには令状が必要です」夏川が暗い声で言った。「ですが、今の段階で令状を請求しても無駄でしょう。無言電話が二回あったぐらいでは、警察は動きません」

「そりゃそうでしょう。だからそんな無茶は言わない。そうではなくて、四時十二分前後に電話をかけてきた人間のそばを救急車が走っていたことがわかっています。ぼくはサイレンの音を聞いた。間違いない。ついでに言えば、ほぼ同時に漫画喫茶の宣伝車も走っていた。そんな車が走るのは都心の繁華街だけです。都心で救急車が出動していたのはどこなのか、それを調べてもらえませんか」

わかりました、と夏川が答えた。理解していただけたらしい。

戻ってきた健人が、ご飯は？　と言った。少し待て、と言っておれは皿を並べ始めた。

10

九時過ぎ、夏川から連絡があった。消防庁に確認を取っていたので遅くなりました、と早口で詫びた。どこまでいっても真面目な女だ。

「今日の四時十二分に出動していた救急車は全部で十三台でした。細かく調べると、二十三区内を走っていたのは四台で、それぞれ行く先は違っていました。二台はお台場レインボーブリッジ内で交通事故があり、怪我人を収容するため出動していました」

川庄さんが聞いたのはその救急車のサイレンの音でしょうか、と夏川が言った。わかりません、と答えた。

「他の二台は？」

「一台は築地で倒れていた老人を病院に運んでいました。もう一台は渋谷です。渋谷のホテルで食中毒患者が出たため、付近を走っていました。わかったのは以上です」

渋谷。おれの体が反応した。おれは今日渋谷に行っていた。駅のすぐ近くだ。

そこにあった会社を訪れ、人と会っていた。無言電話がかかってきたのはそれからだ。

おれが聞いたサイレンは渋谷を走っていた救急車のものなのだ。渋谷なら、漫画喫茶の宣伝車が走っていたのもうなずける。

電話を切って、少し考えた。ここは待つしかなさそうだ。煙草と酒の準備をして、部屋に籠もった。

三時間経った深夜十二時過ぎ、携帯が鳴り出した。思っていた通り、公衆電話、という表示があった。

「川庄です」

相手は無言だった。息遣いだけが聞こえる。呼吸器系に何か異常でもあるのか、その音は小さくなかった。

「どうやっておれの携帯番号を知った？」

返事はない。構わずに話を続けた。

「あんたはグローバルトレーディングの人間だろう。違うか？」

息遣いが止まる。煙草をくわえて火をつけた。

「あんたは今日の夕方と夜におれに電話をかけてきた。会社の近くの公衆電話からだ。今は自宅の近くか？　もう会社は出たんだろう？」

再び息遣いが聞こえてきた。音が大きくなっている。

「あんたはおれがあんたの会社へ行ったのを見た。柳沼部長と会ったことに気がついた。おれはどこから見ても株をやる人間には見えない。会社の顧客ではないとあんたは思った。刑事でもないと察しをつけた。ジーパンにポロシャツというのは、刑事としてはラフ過ぎるからな。そんな人間がなぜ柳沼部長に会いに来たのか。答えはひとつだ。部長の娘の事件について調べるためだ」

おれは携帯を持ち替えた。四月の終わり、こんな時間にこいつは電話ボックスに籠もっている。

「その通りだ。おれは部長の娘を捜している。そのためにあんたの会社に行った。その後総務部へ行き、二人の人間に名刺を渡した。あんたはおれが何者なのか知りたかった。名刺を盗み見るのは大変だったか？　誰にも怪しまれないように書いてある携帯番号をメモするのは苦労しただろう。だが、とにかくあんたはそれをやってのけた。そしておれに電話をかけてきた。何が知りたい？　そして何を知っている？　話してみろよ」

「……あんた、何なんだ？」

ほとんど聞き取れない。押し殺した声だった。男なのか、女なのか。年齢は。声に特徴はないか。全神経を耳に集中させてじっと待った。

「どういうつもりだ……何を調べている？」

「言っただろう。柳沼部長の娘さんを捜している」

おれの声も低くなっていた。風の音が聞こえた。

「……探偵なのか？」

「違う」

声は低く、何を言っているのかもわかりにくい。よほど注意していなければ聞き逃してしまうところだ。

おそらくは男だろう、と当たりをつけた。グローバルトレーディング社の男性社員。年齢は見当もつかないが、そんなに若くはなさそうだ。かといって年寄りというわけでもない。三十代ぐらいではないだろうか。

声が途切れた。聞いているか、とおれは言った。

「あんたは柳沼部長の娘さんについて何かを知っている。今、娘はどこにいる？　生きているのか、死んでいるのか。何でもいい、話してくれ」

「……知らない」

「何だって？」

「知らない」声が高くなった。「何も知らない」

「じゃあ何でおれに電話をかけてきた？」

「それは……」

声が止まった。迷っている。話すべきなのか、そうではないのか。話せ、と怒鳴りつけたかったが、何とか堪えた。

相手は死ぬほど怯えている。大きな声を出せば、すっ飛んで逃げてしまうだろう。待つしかない。

一分ほど沈黙があった。向こうも何も言わないし、おれも黙ったままだ。

煙草の灰が膝に落ちた。それでもおれは動かなかった。

「……あの」

声がした。話してくれ、とおれは静かな声で言った。

その時、クラクションの音がやかましく響いた。いきなり電話が切れる。呼びかけてみたが、返事はなかった。

携帯をベッドに転がして、新しい煙草をくわえた。考える必要がある。

無言電話の主は何を言いたかったのか。なぜおれに電話をしてきたのか。何を知っているのか。

訳がわからなかったが、事態は動きつつある。それは確かだ。

携帯に目をやった。もう一度かかってくるだろうか。待ってみよう。

水割りを作って、ひと口飲んだ。長い夜になりそうだった。

Part 4　男

1

横になって水割りを飲みながらじっと待った。夜明けまでそうしていたが、電話はかかってこなかった。

二時間ほど寝て、眼を開けると朝七時だった。朝食を用意し、健人を学校に送り出してから夏川に電話を入れた。

刑事の朝というのがどういうものかわからなかったが、ツーコール鳴り終わらないうちにもしもしという声がした。おれは夜中にあった電話について話した。

「その人物は……事件について何かわたしたちの知らない情報を知っているんでしょうか？」

夏川がささやくように言った。たぶん、とおれは答えた。

「そいつは、おれに電話をかけることはリスクがあるとわかっていた。何を知っているにせよ、それは核心に触れる情報でしょう。警察も他の誰も知らない秘密を握っている。それが何なのかわかれば……」

「誰なんでしょう」

「さあ……わかりません」

「川庄さん、会えませんか？　詳しい話を伺いたいんですが」

構いません、とおれは答えた。ただ、その前に少し調べたいことがあった。それによってはもう少し細かいところまでわかるかもしれなかった。

夏川は吉祥寺まで行くと言ったが、おれにも仕事がある。毎日休んでいいというものではないので、後でまた連絡しますと言って電話を切った。

九時になるのを待って、グローバルトレーディング社の総務部に電話をかけた。辻本さんをお願いしますと言うと、あらあたしですよ、という陽気な声がした。

「川庄です。昨日はありがとうございました」

「とんでもない。何かねえ、ごちそうになっちゃったみたいで、申し訳ないなあと思ってたんですよ。本当にねえ、もうちょっとちゃんとお話しできればよかったんですけど……」

「ちょっと聞きたいことがあって電話しました」おれは辻本の話を遮った。「社員のことです」

「あら、何でしょう」

「三十歳から四十歳ぐらいの男性社員を捜しています。三階フロアで働いてる人です。それぐらいの歳の人は何人ぐらいいますか？」

「三階でねえ」辻本が少し黙った。「……総務と、経理と、企画室とコンピューター管理部と……あと何があったかしら」

「三階では何人ぐらい働いているんですか？」

「四、五十人ぐらいですかねえ」

「そのうち、三十歳から四十歳ぐらいの男は何人ぐらいいますか？」

「そう言われてもねえ……あたしも、男の歳なんか気にしたことないし。考えたって仕方ないでしょ。あたし、もう結婚してるわけだし」

辻本が品のない笑い声を上げた。何人ぐらいでしょうか、と辛抱強く質問を重ねる。
六、七人かしらねえ、と辻本が答えた。
「総務に一人、経理に二人、それから企画室のタケモトも三十過ぎだったわよね。川庄さん、契約社員とか派遣の人たちはどうなの？　カウントするの？」

「そうしていただければ」

「急ぎなの？」

「そうです。急いでます」

あらあら、と辻本がつぶやいた。

「だけど、何のために？」

「柳沼部長の娘さんのためです」おれは答えた。「早急に必要な情報があります。捜している人物がそれを知っている可能性がある。それがわかれば、娘さんが見つかるかもしれません」

「本当に？　そりゃ大変だわ。わかった、調べてみる。いただいた名刺のメールアドレスにまとめて送っとくわ」

「どれぐらいかかりますかね」

「まあ、十分もあれば」辻本が請け合った。「あたしも総務の人間ですからね。社員の歳ぐらいならすぐにわかりますよ」

辻本が機密保持にうるさい女でなくてよかったと思いながら、よろしくお願いしますと言って電話を切った。

自分の部屋に行き、デスクのパソコンを立ち上げる。メールアドレスは仕事場と自宅を同じにしていた。きっかり十分後、辻本からメールが届いた。

『川庄さん、こんにちは。

昨日はごちそうさまでした。

よくわからないけど、頼まれた件についてメールします。

柳沼さんのお嬢さん、見つかるといいですね。

今度、詳しい話を聞かせてもらえるかしら。
よろしくお願いします。
〈部署名・名前・年齢〉
・総務部：川北俊也《かわきたとしや》（38）
・経理部：東信一郎《あずましんいちろう》（30）
　　　：栗原浩二《くりはらこうじ》（35）
・企画室：竹本長治《たけもとながはる》（33）
・コンピューター管理部：遠藤博《えんどうひろし》（35）
・システム開発部：小倉勝博《おぐらかつひろ》（32）』

おれの読みが正しければ、昨日電話をかけてきた人間はこの六人の中にいる。画面をプリントアウトして、ジーンズのポケットに突っ込んだ。動く方が先だ。

マンションを飛び出した。渋谷へ行かなければならない。駅までの道を全速力で走った。

2

グローバルトレーディング社の入っているビルに着いたのは九時四十分のことだっ

た。

実は、と総合受付で嘘八百を並べた。昨日グローバルトレーディング社に伺ったのだが、その時携帯電話を置き忘れたようだ。捜してすぐに帰るので、入れてほしい。

そう言うと、それは大変ですねということになって入館証をくれた。申し訳ないと思いながら三階フロアまで行き、会社の受付で同じ話をした。疑われることはなかった。

案内に従って中に入ると、今野部長の姿が見えた。おれは近寄って行って、すいませんがと話し出した。あからさまに面倒臭そうな表情を今野は浮かべたが、仕方がありませんなということになった。

揉《も》めるより、さっさと忘れ物を見つけて帰ってほしいというところだろう。すいませんねとぺこぺこ頭を下げながら、昨日座っていたソファセットに向かった。

もちろん、そんなところに携帯電話はない。というか、おれの尻ポケットに入っている。捜す気などなかった。

代わりに、フロアの各部署を順番に回った。そんなところには行ってないだろう、とは誰も言わなかった。

まず一番近い総務部へ行った。辻本がおれの顔を見て、あら、と言ったがそれ以上声をかけてはこなかった。おれの様子を見て、何かを感じたらしい。

デスクの間を移動していると、男の顔が見えた。グローバルトレーディング社の人間は社員証を首からぶら下げている。

顔写真つきのその社員証には名前も記されていた。川北俊也とあった。

おれは川北の顔を覗き込んだ。川北がパソコン端末から目を離して、おれの方を向く。何でしょうか、という顔だ。

当然の反応だろう。知らない人間に見られたら、誰でもそんな顔になる。

にっこり笑って、その場を離れた。川北ではない、とおれの勘は告げていた。

別に人より勘が優れているわけではないが、おれは自分自身を信じていた。顔を突き合わせれば必ずわかる。

それから次々に三階フロアの部署を回っていった。企画室、コンピューター管理部、システム開発部と顔を出し、辻本から教えられた名前の人間を見ていったが、どれも捜している男ではなかった。

いないのだろうか。三十歳から四十歳ぐらいというおれの直感は外れていたのか。

電話の声は聞き取りづらかった。声から判断するのは無理があったのか。

いや、捜している男は必ずこのフロアにいる。確信があった。

リストを見直した。まだ経理部が残っている。経理部はどこだ。

「失礼」

声がした。ゆっくり振り向くと、今野が立っていた。

「川庄さん……でしたね。何をしているんですか？」

「いや……その……さっきもお話ししましたが、携帯電話をここに忘れてしまったようで……」

捜しているんです、という言葉は飲み込んだ。今野は明らかに不審者を見る目になっていた。

「さっきからずっと見ていたんですがね……あなたは携帯を捜そうとはしていない。フロアの各部署を覗いては、首を捻っているだけだ。はっきりさせよう。携帯電話を忘れたというのは嘘だね？」

さすがに部長になるだけの人は違う。見てはいないと思っていたのだが、全部見られていたらしい。怪しい動きをしていたことはお見通しのようだ。

「何をしに来た？　他社の人間か？　うちのシステムを盗みに来たのか？」

警察の職務質問のようだった。とんでもない、と手と首を振った。

「昨日もお話ししましたが、ぼくは柳沼部長の娘さんを捜しているだけです。おたくの会社のことを調べているわけではありません」

「ではなぜあちこちをうろついてる？　言い訳はいい。本当のことを話せ。何が目的だ？」

声こそ低かったが、今野の目は血走っていた。あんたの会社に柳沼裕美の行方を知っている人間がいるかもしれないと言っても良かったのだが、そんな話が通用するとも思えない。どうするべきか迷っていたら、今野が眉間に思いきり深い皺を寄せた。

「これ以上話しても無駄なようだな。警備員を呼ぶ。そこにいろ」

言い捨てた今野が近くにあった電話に手を伸ばす。当然、おれは言われた通りにするつもりはなかった。プッシュボタンを押している今野の横を擦り抜けて、フロアの奥に踏み込んだ。待て、と鋭い声が響いたが無視した。

通路を大股で進む。経理部というプレートのかかった場所に出た。ありがたいことにグローバルトレーディング社は各部署をわかりやすく表示してくれていた。

そこに飛び込み、一人一人の社員の顔を覗き込んでいった。もう作り笑いを浮かべている場合ではない。

名前、名前。東と栗原と言った。社員証でその名前を捜した。

目が合った。東という男が見ていた。不思議そうな顔をしている。表情に変化はない。違う。こいつじゃない。

そのまま左に視線を移した。二つ隣の席に男が座っていた。

白いワイシャツ、紺のネクタイ。髪の毛は自然な感じで分かれていた。体格はいい。身長百八十センチはあるだろう。

ちょっと子供っぽい顔をしていたが、女受けはいいかもしれない。社員証に栗原浩二とあった。栗原が一瞬おれを見て、すぐに顔を伏せた。

顔は真っ青だった。寝不足っぽく、明らかに動揺している。

当たりだ。こいつが昨夜おれに無言電話をかけてきた男なのだ。

「ここにいたか」おれの肩に手がかけられた。「何をしている？」

今野だった。おれは微笑を浮かべた。どうした、と今野が奇妙なものを見るような目になる。

「見つかりましたよ」

「携帯が？」

そんなところです、と答えると、入り口の扉が開いて、制服を着た警備員が近づいてくるのが見えた。今野がおれの腕を強く摑んだ。

3

グローバルトレーディング社を強制的に追い出されたが、おれとしては目的を達成していたので、別に構わない。警察を呼ばれなかっただけ儲け物と考えなければならない。

ビルの前に立っていると、携帯が鳴った。川庄さん？　と声がした。

「辻本ですけど」声は小さかった。「何なの、あなた……見てたけど、警備員まで出てきて、大騒ぎじゃないの」

「すいません、ご心配おかけしました。たいしたことじゃないんです。ちょっと誤解があったみたいで……気にしないでください」

「そんなこと言ったって……気になりますよ」

辻本が言った。不安そうな声だった。大丈夫です、とおれはなだめた。

「あなたに迷惑がかかるようなことにはなりません。あなたの責任じゃない。約束します」

それならいいんだけど、と辻本が深い息を吐く。ひとつ聞きたかったことがあった。

「経理部の栗原さんなんですが、何か持病はありますか？　喘息《ぜんそく》とか、そんな病気です」

「いいえ」辻本が言った。「栗ちゃんは喘息持ちなんかじゃありませんよ」

おや、そうか。おれの勘は外れていたか。辻本が咳払いをした。

「鼻炎アレルギーではありますけどね。年中鼻をかんでます。花粉のシーズンなんかは特に大変そうでねえ」

なるほど、それでわかった。電話越しに聞こえた荒い息遣いは鼻炎のためだったのだ。

それから吉祥寺へ戻った。仕事の時間だ。昨日休んでいるので、少しは真面目に働いているところを見せないといけないだろう。

店へ行くと、ちょうど十二時だった。引き継ぎを済ませ、制服に着替えた。バックヤードで品出しをしていると、携帯が鳴った。かけてきたのは夏川だった。今夜会う件で連絡をしてきたのだという。

夜八時、吉祥寺駅近くに新しくできたホテル・シャングリラのロビーで待ち合わせることになった。おれの家からも近いし、ホテルは何かと便利だ。

その後、六時まで働いた。おれは勤労意欲に燃えていたが、客が少なかったので空回りしていたことは否めない。まあ仕方がないだろう。

家に帰って、健人に飯を食わせた。出掛けなければならないと言うと、健人がちょっと嫌そうな表情になった。とりあえず放っておくしかない。

食事の後片付けをしてからシャワーを浴びた。オフホワイトのチノパンと薄いブルーのポロシャツに着替えて、そのまま外へ出た。

八時五分前、ホテル・シャングリラに着くと、夏川が待っていた。一人ではなかった。背の高い男が一緒だった。

「警視庁の工藤《くどう》刑事です」夏川が男を紹介した。「わたしと一緒の部署にいます」

どうも、とおれはひとつ頭を下げた。工藤は動かない。憮然とした表情でおれを見ている。

百八十五センチはあるだろう。がっちりとした体格で、いかにも刑事といった風情だった。紺色のジャケットにグレーのスラックス。靴は頑丈そうで、何度も修理している跡があった。

年齢はおれと同じか、少し上だろう。正直、友達にはなりたくないタイプだ。

ホテルのラウンジへ行った。二人とも食事は済ませているということだったので、ドリンクだけを頼んだ。二人はコーヒー、おれはビールの小瓶だ。

注文した飲み物がテーブルに載ったところで夏川が口を開きかけたが、ちょっといいか、と工藤がおれの方を向いた。視線が鋭かった。

「あんた、仕事は何をしている？」

高圧的な口調だった。おれは犯罪者ではない。そんな言い方をされる覚えはないので黙っていたら、夏川が間に入った。

「工藤さん、話したじゃないですか。川庄さんは好意で裕美ちゃんを捜そうとしてくれてるって」

「コンビニで働いているそうだが」工藤はおれから目を逸らさなかった。「いくつだ？」

「三十八ですが」

「俺と同じか。いったいどういうつもりだ。いい歳こいてコンビニでバイトなんて、恥ずかしくないのか?」

コンビニの仕事を恥ずかしいと思ったことはない。バイトという身分が不安定なのは事実だが、とにかくおれは毎日を何とか乗り切っている。税金だって払っているし、子育てまでしているのだ。他人に後ろ指を指される覚えはない。

「おれの生き方だ。誰に迷惑をかけているわけでもない。文句を言われる筋合いはない」

対抗上、おれも乱暴に言葉を返した。工藤が眉間に皺を寄せた。

「バイト男が行方不明になった女の子を捜しているという。探偵なのか、お前は」

「違う。単なるコンビニのアルバイトだ」

「何の資格があって、お前はうろうろしているんだ」

「資格も権利もない。だが、法に触れることはしていない。何をしようがおれの自由だろう」

「お前もお前だ」工藤が夏川の方を向いた。「こんなどこの馬の骨かもわからない奴に捜査上の秘密を話すなんて、どうかしている。俺だから良かったものの、上が知ったら面倒なことになるぞ」

「それは……わかっています」

夏川が目を伏せた。工藤は表情を強ばらせたままだった。

「夏川があんたにいろいろ話したそうだな」

おれに視線を戻す。そういうことになるかもしれない、と答えた。

「事件のことは知っているんだろう」工藤が言った。「両親にとっては辛い事件だし、捜査をしている俺たちも同情している。何でもいいから手掛かりがほしいと思っているのは、俺も夏川も同じだ。だがはっきり言って、あんたは無関係の素人だ。そんな奴に余計なことをされたくない。手を引け」

「工藤さん、川庄さんはいわゆる興信所の探偵ではありません」夏川が顔を上げた。「わたしたちの捜査の邪魔をするようなことはないと思います。わたしも刑事です。誰を信じるべきかはわかるつもりです」

「それが甘いと言っている」工藤が吐き捨てた。「お前はまだ若い。経験が足りない。こんな正業に就いていていない男が何をするか、わかったもんじゃない」

「ですが……」

「あんたとしては不本意かもしれない」工藤がおれの方に向き直った。「確かに、探偵のまね事をするのは自由だ。警察が取り締まるようなことじゃない。俺も言葉が過ぎたところもあるだろう。性格でね、言いたいことを言わないと気が済まない。大目に見てくれ」

大きく息を吐いた。おれは黙って肩をすくめた。夏川の親父さんは刑事だった、と工藤が静かな声で言った。

「いい刑事だった。捜査能力だけの話じゃない。人間としていい人だった。正義を愛し、犯罪を憎むという、刑事にとって基本的なことがわかっていた。俺が新人の頃、配属された警察署で教育係だった。夏川さんに教わったことは今でも忘れない。優しい人だった」

夏川の父親が刑事だったことは初めて聞いた。そうだったのか。正義感は父親譲りというわけだ。

「夏川の親父さんは十年前に死んだ。殉職だった」工藤が話を続けた。「当時親父さんが何かと世話をしていた少年がいた。少年はいわゆる不良で、高校を中退して暴力団に入った。親父さんはそれを止めようとしていた。まともな暮らしをさせてやりたいと力を尽くしていた。親父さんはその少年に殺されたんだ」

工藤がラウンジの天井を見上げた。横顔に深い皺が刻まれていた。

「少年は敵対していた暴力団の幹部を殺すために、鉄砲玉になることを命じられていた。親父さんはそれを知って少年の家を訪ね説得を続けたが、少年は従わなかった。出ていこうとする少年を親父さんは力ずくで止めようとした。不運なことだったが、少年は拳銃を持たされていた。それで親父さんを撃った。即死だった」

「そいつは……辛い話だな」

そうだ、と工藤がうなずいた。

「俺はその後、捜査一課に異動した。親父さんの娘が刑事を目指しているという話を聞いたのは、それから何年も経ってからのことだ。娘は本当に警察官になった。娘の父親のことを覚えている警察幹部はたくさんいた。本人が捜査一課で働くことを希望していると彼らは知り、その願いをかなえるべく動いた。だから夏川は今、一課にいる」

そういうことか。こんなに若い女刑事が警視庁の捜査一課に所属しているということにちょっと違和感を抱いていたのだが、それで理由がわかった。

「夏川はいい刑事だ」工藤が口を開いた。「父親譲りなのか、市民の暮らしを守ることが警察官の第一の仕事だとわかっている。真面目で、正義感も強い。いい刑事になるだろう」

夏川は黙って聞いている。

「そうだろうな」

「だが、まだ若い。犯罪の被害者について、過度に思い入れる。悪いことではないが、とても危険だ。俺たちは人間だ。感情で生きている。事件は数限り無く起こる。ひとつひとつの事件に持っている感情をすべて注ぎ込んでいたら、いつかは壊れてしまう。あの親父さんの娘だ。放っとくわけにはいかない」

あんたの立場はよくわかった、とおれはうなずいた。まだある、と工藤がしかめっ面になった。

「今回の事件もそうだが、夏川は事件解決のためならどんなことでもする。そういうところがある。時としてそれは法を逸脱する可能性がある。俺たちは刑事だ。法を守るべき立場にある。夏川の考え方は警察という組織の秩序を破りかねない。正義のためなら何をしてもいいというわけではないことを知るべきだ。それを教えるのが俺の役目だと思っている」

「親父さんに教わったことを、娘に伝えるということか」

「そうだ」

工藤が頑固そうな口元を歪めて、話を終えた。沈黙が続いた。空咳をした夏川が、薄い唇を動かした。

「無言電話がかかってきたということです」工藤に向かって言った。「川庄さんの感触では、何か事情を知っている人間だと思われるということですが」

工藤がおれを睨んだ。おれの話を聞くべきかどうか、迷っている様子だった。おれのことを部外者だと言い、手を引くよう命じた以上、事件への介入は拒否したいというのが正直なところだったろうが、刑事としての職業意識がそれに勝ったのだろう。話してみろ、と言った。

「あの後、もう一度電話があった。夜中の十二時過ぎだ」

おれは自分の携帯を二人に見せた。履歴に公衆電話とある。十二時七分の着信だった。

「そいつはおれの携帯の番号を知っている。どこで知ったか。グローバルトレーディング社だ」

事情を説明した。グローバルトレーディング社に行き、柳沼部長と会ったこと、その後三階フロアで総務部長と話したこと、総務部の辻本という女と接触したことなどだ。

おれは三人に自分の名刺を渡していた。電話をかけてきた人間は、おれが会社を訪れ、話を聞いて回っていることに気づいた。

何を調べているのか知りたくなり、その三人のいずれかから名刺に記されている情報を盗み見て電話をかけてきた。そうとしか考えられない、とおれは言った。かもしれないが、と工藤が舌打ちした。

「他の理由も十分に考えられる。お前がグローバル何とか社を訪れた直後に無言電話がかかってきたのは、偶然かもしれない」

「そんな都合のいい偶然があるわけがない」おれは工藤の言葉を否定した。「今日まで三十八年間生きてきて、無言電話がかかってきたことは一度もない。柳沼裕美の行方を捜し始めた途端にかかってきたんだ。事件と関係があると考えるのが普通だろう」

「可能性は高いと思われます」夏川が言った。「川庄さんの言っていることは、その通りなんじゃないでしょうか」

工藤が鼻を鳴らした。認めざるを得ない、という意味のようだった。

「かけてきた人間に心当たりはあるのか？」

おれは深夜十二時にかかってきた電話から、栗原浩二という男に辿《たど》り着くまでを詳しく話した。工藤が不愉快そうな顔になった。

「お前のやってることは無茶苦茶だ。お前には何の権限もない。会社に入っていったのだって嘘の理由を言ってのことだな？　ある意味で不法侵入だ。法的根拠は何もない」

「おれは警察官じゃない。法的根拠なんて関係ない」

「お前は電話をかけてきた人間を男だと判断したという。だが本当にそうか？　確証はあるのか？　三十代だというのもそうだ。それはお前の勝手な思い込みで、実際には二十代かもしれないし、四十以上かもしれない。声から年齢を判断するのはプロでも難しいんだ。三十代というのはお前の先入観の可能性がある。それなのにお前は会社に乗り込んで、三十代の男性社員だけを調べた。乱暴すぎる」

「乱暴かもしれないが、間違ったことをしたとは思っていない。電話をかけてきたのは栗原だ。奴は何かを知っている」

話にならん、と工藤がコーヒーを飲み干した。

「その栗原という男は、お前が行った時に怪しい態度を取ったと言ったな。そんなものは受け取り方次第だ。栗原が何をした？　逃げようとしたか？」

いや、とおれは首を振った。

「だが、おれの顔を見て真っ青になった。寝不足らしく、様子もおかしかった。見つめると目を伏せた。何もなければそんな態度は取らないだろう」

「そんなことはわからん。顔色が悪いのは生まれつきかもしれない。睡眠不足なのは海外ドラマでも見ていたんだろう。様子がおかしいというのはお前の思い込みだ。その男とは初めて会ったんだろう？　普段どんな勤務態度かもわからんのに、おかしいかどうかは決められない」

「川庄さん、おっしゃっていることはわかります。栗原という男が怪しいというのはそうなのかもしれません。ですが、わたしたちに必要なのは証拠です。様子が変だからという理由では、参考人として取り調べをすることすらできないんです」

夏川が言った。おっしゃる通りで、警察には証拠が必要なのはわかっている。

だがおれは警官じゃない。法律なんかくそくらえだ。

「お前がしていることは危な過ぎる」工藤が肩を怒らせた。「グローバルトレーディング社にもし何らかの事情を知る人間が別にいたらどうなると思う？　お前が栗原を怪しいと見当違いのところをつついている間に、証拠の隠滅を図るかもしれん。捜査妨害にもなりかねんぞ」

「そんなこと言ってる場合か。栗原を調べろ。それがあんたたちの仕事だろう」

「簡単に言うな。何を調べろっていうんだ。事件が発生してから、グローバルトレーディング社の社員には全員話を聞いた。栗原もその中に含まれていたはずだ。だが、疑わしいところはなかった。何かあれば、捜査会議などで誰かが触れただろう。そんなことはなかった。栗原の名前は挙がらなかった」

「警察がその事情聴取をしたのはいつだ？」

「事件直後、約ひと月の間です」夏川がメモを見た。「全社員に事情を聞きました。漏れはありません」

「会社には興信所の人間も出入りしたと聞いた。それはいつ頃のことだ」

「柳沼夫妻が興信所に裕美ちゃんを捜すよう依頼したのは事件から半月後のことで、それから約三カ月間です。グローバルトレーディング社の総務部から警察に、興信所の人間が社内を出入りしているが何とかしてほしいという要請があったのは去年の七月です。警察の指導により、興信所は会社へは行かなくなったということです」

「事件が起きた当初、警察は会社を訪れていた」おれは指でテーブルを叩いた。「事情聴取が繰り返された。何かを知っている者はいたが、そいつは取り調べには知らん顔をして通した。無関係だと主張しただろう。警察だって何かがわかっていたわけじゃない。百人以上いる社員について、いろいろ細かいところまでは話を聞けなかったはずだ」

「……かもしれません」

「興信所の人間も出入りしたが、そいつはそれもスルーした。その後は誰も会社に現れなかった。そいつは安心していた。すべてが終わったと考えていた。だが、事件後一年経った今になって、また事件を調べる者が出てきた。おれだ。終わったはずではなかったのかとそいつは焦った。今になって何を調べているのかと考えた。新しい証拠、新しい目撃者が出てきたのかもしれない。そいつが状況を知りたくなるのは当然だ。だから危険も顧みずにおれの名刺を盗み見て、電話番号を調べ、電話をかけてきた。そういうことなんじゃないのか？」

工藤と夏川が目を見交わした。二人が揃って首を振った。

「証拠がない」

工藤が静かに言った。

4

十時過ぎ、二人と別れた。最後に工藤が言った。

「お前のしていることは違法すれすれだ。考えようによっては踏み越えているかもしれん。今日のところは何も言わない。今までの事は伏せておく。だが明日からは違う。これ以上余計なことに首を突っ込んでくるつもりなら覚悟をしておけ。事件の捜査は終わっていない。まだ続いている。捜査の邪魔になりかねない男を排除するためなら、警察は何でもする」

断固たる口調だった。わかった、とおれは答えた。それ以上工藤は何も言わなかった。

二人が吉祥寺の駅の方へ去っていくのを見送ってから、とぼとぼと歩いて家に向かった。

工藤には何もするなと言われたが、忠告に従う気はなかった。おれはおれのやるべき事をする。ただそれだけのことだ。

柳沼裕美という女の子の事件について、知らなかったのなら仕方がないが、既におれは知ってしまった。両親とも会った。一年経った今も少女の行方を追っている刑事にも会った。

関わってしまった。もう後戻りはできない。生きているにせよ死んでいるにせよ、少女を見つける。放っておけない。それがおれのルールだ。

歩いていると携帯が鳴った。奴か、と思いながら液晶画面を見た。足が止まる。

由子、という表示があった。慌てて電話に出た。

「外なの？」

低く、どこかもの憂《う》げな声。

「何してるの。もう十時よ。健人はどうしてるの？」

「家にいる」おれは言い訳をするような口調になっていた。「ちょっと用事があって外に出てただけで、放ったらかしにしてはいない」

「どうだか」由子が鼻で笑った。「飲み歩いてるんでしょ」

おれと由子は離婚していたが、連絡を取らなくなったわけではない。由子は健人をおれに押し付けていたが、親としての権利と義務を放棄してはいない。

実際問題として、由子は健人の養育費を毎月払い続けている。権利を主張できる立場にあった。

その関係で、時々お互いに電話をかけることがあった。由子は教育熱心で、健人の勉強やテストの成績などを知りたがっていたし、おれも報告しなければならないと思っている。

少なくとも健人が高校を卒業するまでは、こうして連絡を取り合わなければならないのだろう。だが今夜の由子は少し様子が違っていた。

「健人から電話があったの」由子が言った。「あなたが少し変だって」

「変？」

「外出が多くなったし、理由を言わないって。おかしな電話がかかってきているみたいとも言っていた」

「そうだったかな」

「彼女でもできたのよ、と言ったんだけど、そんなことないって健人は思ってる。まあ、そうね。あなたに女ができたとは思えない」

「そうとは限らないんじゃないかなあ」

「いいえ、ないわ」由子が断言した。「あなたはそういう人じゃない」

「三年経った。人間は変わるよ」

「変わる人と変わらない人がいる。あなたは明らかに後者よ」

「そっちはどうなんだ。うまくいってるのか?」

話を変えようとしたが、由子は乗ってこなかった。今はあなたの話をしているの、と冷たい声で言った。

「何かがあったのは間違いない。健人が不安になるような何かがね。どうしたの? 話してみなさいよ」

「自分でも説明できない」おれは電話を持ち替えた。「よくわからないんだ」

「トラブル?」

「そんなことじゃない。ただ。事情が複雑なだけだ」

「あたしにできることは?」

「ない……と思う」

「これだけは言っておくけど、あなたには健人を守り、育てる責任がある。それを忘れないで。何よりも考えなければならないのは健人のことよ」

「わかってる」

「もしできないということになったら、すぐに知らせて。健人はあたしが引き取る」

「そんなことにはならない」

由子が笑った。夜にふさわしい笑い方だった。

由子の顔を思い浮かべた。三年会っていないが、はっきりと覚えていた。正直に言うと、忘れたことはなかった。

「まあいいわ」じゃあね、と由子が言った。「また電話する」

電話が切れた。由子らしく、あっさりとした終わり方だった。

携帯を見つめた。何もない。ただ着信履歴に由子の名前が残っただけだ。

それを確かめて、携帯をポケットにしまった。おれは歩きだした。なぜかはわからないが、早足になっていた。

5

翌日、コンビニを早退して渋谷に向かった。健人には電話をして、飯は一人で何とかしろと伝えた。

午後五時、グローバルトレーディング社の入っているビルに着いた。少し離れた場所に陣取り、缶コーヒーを一本買ってビルのエントランスを見つめた。

人の出入りが盛んだった。ビルにはいくつかの会社が入っている。勤める社員たちが出たり入ったりを繰り返しているのは見ていればわかった。

確かめたわけではないが、グローバルトレーディング社の勤務時間は五時までだろう。普通の会社なのだ。それほど外れてはいないはずだ。

待っていれば必ず栗原は出てくる。おれは缶コーヒーをひと口飲んだ。甘ったるい味がした。

栗原に話を聞かなければならない。それはわかっていたが、そんなに簡単なことじゃない。

会社に正面から乗り込んでいくという手はあったが、理由もなく栗原に面会を申し込めば断られるのは間違いなかった。あまり無茶をすると、警備員どころか警察を呼ばれてしまうかもしれない。それは避けたかった。結局、退社を待つのが一番だろう。

三時間待った。いわゆる張り込みだ。

暗くなった八時過ぎ、栗原が出てきた。距離、約百メートル。

出てくるところを携帯のカメラで撮影した。後で夏川に見せるためだ。

栗原がネクタイを緩めてから歩きだした。駅へ向かっている。おれもその後を追った。どこだ。どこで声をかけるべきか。

駅までは数分の距離だ。人通りは多く、うっかりしたら見失ってしまいそうだ。

こんなところで捕まえるのは無理がある。おれはそう判断した。

栗原はどうするだろう。どこかへ寄るか、まっすぐ家に帰るか。

栗原はＪＲ渋谷駅を通り越して井の頭線の渋谷駅に向かっている。家に帰るのではないか。

栗原が駅の改札を抜ける。何人かの人を挟んで、おれも改札へ向かった。

急行がホームに停まっていた。栗原は慣れた足取りでそれに乗り込んだ。

おれは刑事ではなくて、当然尾行のプロではない。気づかれないかと冷や冷やしながら、二つ離れたドアから同じ車両に乗った。

それほど混んでいなかった。新聞でもあれば顔を隠せるのだが、あいにく何も持っていない。

栗原の姿を確認してから背を向けた。栗原は吊り革に掴まって立っていた。疲れたサラリーマンの顔だった。

数分待つと、ベルが鳴って電車が動き出した。栗原がどこに住んでいるのか、おれは知らない。どこで降りるかは見当もつかなかった。

様子を見張っていなければならないが、露骨に見ていれば気づかれるだろう。栗原はおれの顔を知っている。注意しなければならなかった。

今日の栗原はグレーのスーツ姿だった。立っていると頭ひとつ他の乗客より目立った。ちらちらと見ながら、いつ降りても動けるように備えた。

栗原がスーツの内ポケットから携帯を取り出し、チェックしている。何もなかったのか、すぐ元に戻した。

下北沢を過ぎ、明大前に着く直前、動きがあった。カバンを抱え直してドアに近づいたのだ。

何を考えているのだろう。心ここにあらずといった感じだった。

電車が明大前の駅に着いた。ドアが開き、客が押し出される。栗原が降りたのを確認して、おれも車両の外に出た。

ベルが鳴り、待っていた客が電車に乗り込もうとする。人波に押されて、おれは栗原を見失っていた。どこだ。どこにいる。

人をかき分けて前に出た。周囲を見る。どこにいる。

栗原がホームを歩いていた。おれから十メートルも離れていない。まずいと無理やり立ち止まった。人がおれにぶつかる。明らかに通行の邪魔だった。すいませんすいません。ちょっとだけ勘弁してください。お先にどうぞ。

栗原が階段を昇っていくのが見えた。距離を開けて後に続く。歩みは早くも遅くもなかった。他の客と共に改札を抜けていく。後を追うと、出たところで立ち止まっていた。おれは慌てて柱の陰に隠れた。

栗原が携帯を見て、大きく息を吐いている。何なんだ、お前は。恋する高校二年生か?

再び歩きだした。パチンコ屋の角を曲がり、橋を渡って狭い道を進んでいく。どこかへ寄る感じではなかった。歩き方に迷いはない。栗原は明大前に住んでいるのだろう。

住宅が立ち並んでいる。あるのはそれだけだ。身を隠すものはほとんどない。栗原が振り返ったら、すぐおれに気づくだろう。

かといってあまり距離を開けるわけにもいかない。気づかれたら気づかれた時のことだ、と半ば開き直りながら追跡を続けた。

十分ほど歩いたところで、栗原が足を止めた。カバンから何かを出している。キーホルダー。そのまま目の前にあった五階建てのマンションに入っていった。

おれはマンションまで小走りで進んだ。一階に集合ポストがある。

三階の302号室に栗原という名前があった。ここが家なのだ。一人暮らしのようだった。

どうするべきか考えた。時計を見ると九時を回っていた。今、栗原は家にいる。チャンスだろう。このまま家を訪れ、話を聞く。それが一番だ。誰も邪魔する者はいない。詳しい事情を聞くことができるだろう。

腹を決めると後は早かった。エレベーターで三階まで上がる。302号室はすぐ見つかった。インターフォンを押した。

「はい」

栗原の声がした。電話で聞いた声と似ているような気がしたのは思い込みだったのか。すいません、とドア越しに呼びかけた。

「宅配便のお届けに上がりました」

鍵の回る音がして、栗原が顔を覗かせた。目が合う。

その瞬間、ドアがもの凄い勢いで押し開かれた。突き飛ばされて通路に倒れる。すぐ立ち上がったが、栗原は走りだしていた。

「待て！」

栗原が通路を走っている。ジャケットは着ていなかった。ワイシャツにスラックスという姿だ。

足は早い。おれは倒れた拍子に強く打った腰を押さえながら後を追った。通路の端にあった鉄製の扉を栗原が開いて外に出る。遅れておれも続いた。

非常階段があった。駆け降りていく音が響く。

「待て！　栗原！」

叫んだが、栗原は待ってくれなかった。立ち止まることなく、階段を駆け下りていく。二階から飛び降りた。無茶するな、こいつは。

おれは律義に一階まで階段を使った。路上に出る。

栗原が百メートルほど先を走っていた。どこへ向かっているのかはわからない。おれも走りだしたが、栗原の方が早かった。どんどん差をつけられ、何本目かの角を曲がったところで姿を見失った。

甲州街道が近い。おそらくそっちへ向かったのではないかと思い、しばらく辺りをうろうろしてみたが見つからなかった。逃げられたのだ。

立ったまま携帯を取り出した。夏川の番号を捜す。これ以上できることはない。後は警察の判断を待つべきだ。

ワンコール目で夏川が電話に出た。川庄ですが、とおれは事情を話し始めた。車が何台も通り過ぎていった。

6

十時、明大前駅の改札で待っていたおれの前に夏川と工藤が現れた。工藤の顔面は真っ赤だった。

「お前はどういうつもりなんだ！」おれの胸倉に摑みかかってきた工藤が怒鳴った。「何をしているのか自分でわかっているのか？」

「答えようがない」おれは工藤の手を振り払った。「そんなことより栗原を捜せ。それが先だ」

「理由もないのに一般市民を追いかけ回すわけにはいかん！」工藤がまた怒鳴った。

「そんなこともわからんのか？」

「工藤さん、もうちょっと静かに……人が見てます」

夏川が言った。確かに、改札口の目の前で中年男が二人して怒鳴りあってるのは、まともな光景とは言えない。工藤がおれから離れ、話せ、と命じた。

会社から出てきた栗原を尾行して、この駅まで来たことを説明した。自宅までつけていき、宅配便業者を装って栗原にドアを開けさせたが、目が合った瞬間、おれを突き飛ばして逃げていったことを話した。

「奴はおれの顔を見て逃げた。理由はひとつだ。おれに探られると困る何かを知っていたからだ。事件に直接つながる情報だろう。何でもいいから栗原を捜せ。奴に聞けばすべてがわかる」

「お前を見て逃げた理由は他にもあるんじゃないのか？　俺もそうだが、何よりお前の顔が気に入らない。なるべく接したくない顔だ」

「冗談のつもりか？　ちっとも面白くないぞ」

「俺は冗談を言わない」工藤がきっぱりと言った。「とにかく、お前は余計なことをした。警察に任せておけばよかったんだ。栗原が姿を消した今、後が大変だぞ」

「とにかく、栗原のマンションに行ってみませんか」夏川が提案した。「もしかしたら戻ってくるかもしれません。詳しい事情を聞けるかもしれない」

　面倒臭そうに工藤がうなずいた。おれの案内で栗原のマンションに向かう。その間、誰も何も言わなかった。

「ここだ」十分後、おれたちはマンションに着いていた。「302号室が奴の部屋だ」

「どっちへ逃げていった？」

「あっちだ」おれは通りの東側を指さした。「しばらく追ったが、捕まえられなかった。どこへ行ったのかはわからない」

部屋へ行ってみましょう、と夏川が言った。三人でエントランスからエレベーターに乗る。工藤は体が大きい。狭い箱の中で一緒にいると、圧迫感があって不快だった。

３０２号室の前に出た。中の様子を窺っていた夏川が、戻っていないようですね、と低い声で言った。

「入ってみよう」

おれは言った。馬鹿かお前は、と工藤がおれの肩を小突いた。

「栗原は何の罪も犯していない。単なる善良な市民だ。令状もなしに入ることはできん」

「善良かどうかは知らないが、怪しいのは確かだ」おれは肩の辺りを手で払った。「何か見つかるかもしれない。あんたが入らないというのなら、おれが入る。おれは一般人だ。文句はないだろう」

「ふざけるな。他人の住居に無断で入れば不法侵入だ。一般人ならなおさらだ。一歩でも入ってみろ、現行犯で逮捕してやる」

「工藤さん」夏川が言う。「……入ってみようと思います」

「夏川、何を言ってる」工藤が慌てたように首を振った。「お前は刑事だ。令状もなしに踏み込んで、たとえ何か見つかっても、それが証拠にならないことは知ってるだろう」

「栗原は逃げました。何か後ろ暗いことがあるのは確かです。何を知っているのかわたしは知りたい。裕美ちゃんを見つけたいんです」

夏川が工藤を見つめた。真剣な表情だった。

沈黙が続いた。負けたのは工藤だった。唇を歪めて、十分だけだとつぶやく。

「十分だけ待ってやる。見てくるだけだ。何も持ち出すな。手を触れるな。約束できるか?」

夏川がうなずく。工藤が腕時計を見て、十分だけだ、と繰り返した。

夏川がポケットから白いハンカチを出してドアノブにかけた。そのままゆっくり回す。栗原が逃げたままになっているので、鍵はかかっていなかった。

「川庄さん」夏川が振り向いた。「入りましょう」

おれは工藤の前を横切って、夏川の後に続いた。工藤は止めなかった。ここまできたら同じだということらしい。

玄関に革靴が数足とサンダルが並んでいた。本人のものだろう。グッチのロゴが目についた。なかなかいい靴を履いている。

玄関に短い廊下が続いていた。右手に扉があるのは風呂場だろう。

夏川が廊下を進む。木製のドアがあった。押し開けると、十畳ほどの部屋があった。

キッチンとリビングがつながっている。栗原はワンルームのマンションで暮らしているのだ。

部屋はきれいに片付いていた。独身の一人暮らしにしてはまともだ。リビングに小さなテーブルがあり、上にはノートパソコンが載っていた。

夏川が躊躇《ちゆうちよ》せず蓋を開ける。電源は入れっぱなしのようで、起動音が聞こえてきた。

「時間がありません」夏川がささやいた。「川庄さんは他を捜してください」

テレビとオーディオセットがあった。十畳の部屋にしてはかなり大きい。とはいえ、それぐらいのものを持っていてもいいだろう。趣味の問題だ。

ベッドに目をやった。シングルベッドで、栗原の体だと少し小さいのではないか。グレーとブラウンのチェックの掛け布団がきれいに畳まれていた。

ベッドの横に東急ハンズで売っているような整理用の小さな棚があった。見かけは重そうだが、持ち上げてみると意外に軽かった。

下に何も落ちていないのをひと通り見てから元に戻した。棚に財布が突っ込まれていた。

縦長の革の財布だ。今度はプラダか。栗原はブランド好きだったようだ。

開いてみると、現金が三万五千円入っていた。クレジットカードが三枚、銀行のキャッシュカードが二枚、レンタルビデオ屋の会員証、病院の診察券が数枚あった。

免許証を見つけた。本籍地は神奈川県と記されている。

「駄目です」夏川の声がした。「ロックがかけられている。パスワードがなければ開きません」

「奴の誕生日ならこれでわかるけど」

おれは免許証を放った。夏川が数字を打ち込む。首を振った。

「違います」

そうなるとパスワードは見当もつかなかった。パソコンは諦めて、他を捜すしかない。夏川が辺りを見回す。デスクがありませんね、とつぶやいた。

確かに、部屋にはデスクがなかった。貴重品はすべてさっきおれが調べた整理用の棚にしまっているようだ。

おれと夏川は棚を漁った。ロ－レックスの時計が二つ出てきた。贅沢な奴だ。おれなんか、成人式の時にもらったシチズンの時計を今でも使っているというのに。

その他にクロムハーツの指輪などアクセサリーの類や、おれには意味のわからないアニメキャラのフィギュアなどいろいろなものがあったが、正直どうでもいいようなものばかりで、これといったものは見つからなかった。

「栗原は帰宅して上着を脱いだ」夏川が言った。「財布を整理棚に入れた。いつもの習慣だったのでしょう。そこに宅配業者を装った川庄さんが訪ねてきた。そのままの格好で玄関に出た。川庄さんの顔を見て、宅配業者ではないとわかり、とっさに逃げ出した」

「金は持っていなかった」おれはうなずいた。「ズボンのポケットにいくらか入っていたかもしれないが、小銭程度だろう。遠くまでは行けない」

「携帯は？」

夏川が顔を上げた。部屋中を捜したが、携帯は出てこなかった。

栗原は着の身着のままで、携帯だけを持って逃げ出した。どこへ行くつもりだったのか。

廊下から咳払いの音が聞こえた。工藤だ。夏川が時計を見て、そろそろ出ましょうと言った。

何も見つけられなかった。友人や女関係の名前も不明だ。おそらくそういう情報はパソコンと携帯で管理しているのだろう。最近はみんなそうだ。

おれたちは部屋を出た。暗い顔をした工藤が待っていた。

「どうだった？」

短く聞いた。何も、と夏川が答える。

行こう、と工藤が言って、おれたちはエレベーターに向かって歩きだした。

7

一度本庁に戻る、と工藤が明大前の駅で言った。静かな声だった。

「川庄、もう次はない。今度お前を見かけたら、公務執行妨害で逮捕する。もう二度とこの件に首を突っ込むな。夏川とも連絡を取るな」

なるべく、とおれは答えた。絶対にだ、と工藤が声を荒らげた。駅から出てくる人達が振り向くほどだった。

「だが、今日のところはこのまま帰してやる。家に帰って、すべてを忘れろ。お前には関係のないことだ」

「栗原を怪しいとは思わないのか。奴はおれの顔を見て逃げ出した。財布も持たず、部屋の鍵を開けっ放しにして逃げたんだぞ。おかしくないか？」

「そうだ」あっさりと工藤がうなずいた。「普通じゃないな」

「だったら……」

「そこまでだ。川庄、お前の考えることじゃない。ここからは警察が対処する。ルールに則《のっと》って捜査する。すべてが終わって、片がついたらお前に感謝することがあるかもしれない。だが、それはずっと先の話だ。それまで俺の前に顔を出すな」

「栗原はこの近くに隠れている。奴は金を持っていない。遠くへ逃げることはできない」

「警察に任せておけ。お前は黙って帰れ」

工藤が言い捨てて、改札へと向かっていった。夏川がひとつ頭を下げてその後に続く。

おれは時計を見た。十一時十分前。どうするか迷ったが、最終的にポケットから携帯を取り出して、電話をかけた。

数回呼び出し音が鳴ったところで相手が出た。

「すいません、夜分遅く……川庄です」

「はい……こんばんは」純菜が言った。「どうしました？　外ですか？」

「ええ、ちょっと」電話を耳に押し当てた。「外からです。遅いのはわかっていたんですが、これには訳がありまして……」

「わたしは大丈夫です。起きていましたから……」

「明日、お時間いただけませんか。お聞きしたいことがあります。それほど長くはかかりません。いきなりで申し訳ないんですが……」

「構いません」純菜がきっぱりと言った。「どうします？　どこで会います？」

「わざわざ外出しなくても結構です。ぼくがお宅まで伺います。何時に行けばいいですか？」

午前中は病院に行かなければならないので、と純菜が言った。おれも午後はアルバイトが入っている。結局、夜八時に家へ行くことになった。少し遅いが、勘弁してほしい。

聞きたいのは栗原のことだった。グローバルトレーディング社で、純菜は経理部で働いていたと聞いていた。

栗原も経理部だ。年齢からいって、純菜の先輩ということになる。

これはおれの勘だが、そこで何かがあったのではないか。純菜と栗原の接点はそこしかない。

純菜に事情を聞けば、その辺りがはっきりしてくるだろう。それまでこの件は保留だ。

おれは電話を持ち直して、自宅の番号を呼び出した。ボタンを押す。十回鳴り終わったところで、もしもし、という健人の眠そうな声が聞こえた。

「もしもし、おれだ」

「うん」

「何してた？」

「テレビを見ながら半分寝てた」健人の声が少しはっきりしてきた。「今、何時？」

「十一時過ぎだ。今、明大前にいる」

「明大前？」

「ちょっと用事があってね。これから帰る。風呂には入った？」

「うん」

「プリンは何してる？」

「とっくに寝たよ。ねえ、いったい何をしてるわけ？　十一歳の一人息子をほったらかしにしてまでしなくちゃいけないこと？」

「そりゃ何とも言えない。そういうことなのかもしれない」

「育児放棄だと訴えてもいいんですけど」

「そんなつもりはない。もう少しだ。目鼻はついた。終わりは見えてきている」

「ぼくがグレると思わないの？」

「思わない。そんなに馬鹿な子じゃない」

はあ、と健人がため息をついた。寝ていてくれ、とおれは言った。

「すぐ帰る。三十分かからないと思う」

「待たないよ」

「それでいい。じゃあ」

電話をポケットにしまった。次の電車はいつ来るのだろう。急ぎ足で改札に向かった。

8

翌日の夜、七時過ぎに家を出た。

徒歩で行くと新生町は結構遠い。柳沼家まで小一時間かかった。門灯が灯っていた。インターフォンを鳴らすと、門が自動で開いた。金持ちは違うと思いながら玄関までの小道を進んだ。

外からは直接見えなかったが、庭に小さな花壇があって、そこにきれいな花がたくさん咲いていた。

金持ちの道楽だ、とおれは貧乏人を代表して舌打ちした。ガーデニングか。羨ましい限りだ。

玄関のノッカーを叩くと、純菜が出てきた。白い半袖のブラウス、紺のキュロットスカート。若々しい印象を与える服だった。どうぞ、と笑みを浮かべながら一歩下がる。

「いらっしゃい」

男の声がした。靴を脱ぎながら前を見ると、スーツ姿の柳沼光昭が立っていた。

「すいません、こんな時間に。先日はありがとうございました」

どうぞ、と純菜がスリッパを出してくれた。光昭が微笑みながらおれを見ている。

こちらへ、と純菜が言った。リビングの白いソファに座るのを待って、光昭が向かい側に腰を下ろした。

「もうお帰りだったんですね」おれは小さく頭を下げた。「この前は失礼しました」

「次の日、また会社にお見えになったそうですね」光昭は笑みを絶やさなかった。「総務から連絡がありました。警備員までやって来たとか。静かな会社です。そんなことはめったにないことでして」

「騒ぎを起こすつもりはありませんでした。ご迷惑をおかけして申し訳ないと思っています」

「裕美を捜すというお話でしたが、会社に何か用事でもあったんでしょうか?」

「いや、別に……お忙しいと聞いてましたが、今日は早く帰られたんですね」

「夕べ遅く、あなたから電話があったことは純菜から聞きました。私はね、川庄さん、あなたのことを常識のある人間だと信じています。一度しか会っていないが、これまで人を見る目はあると自負しています。今までもそんなに間違ったことはない。ごく稀《まれ》に、信じていた人間に裏切られたこともなくはないが、レアケースです。あなたのような方が夜遅く連絡を取ってくる以上、何か理由があるに違いない。そう思ったから私はあなたに会うために早く帰ってきました。純菜に話があるというのなら、私も一緒に話を伺いたいのですが」

純菜が紅茶の茶器を持ってソファのところまで運んできた。ボヘミアンガラスのテーブルに載せる。

何もありませんが、とテーブルに焼き菓子を並べた。小学生の頃、友達の誕生会にお呼ばれした時のことを思い出した。おれはあまりこんなことに慣れていない。とりあえず一枚取って噛ってみた。上品な味がした。

「ご結婚されて、どれぐらいですか」

当たり障りのない話題から始めることにした。八年？　と純菜が光昭を見る。今年で八年目かな、と光昭がうなずいた。

「純菜は入社二年目の二十四歳、私は四十一か二か、それぐらいでした。正直言って、私は自分が結婚するとは思っていませんでした。十六も十七も歳の離れた女性など、結婚どころか交際相手としても考えたことはなかった。不思議なものです。話が進む時はどんどん進む。こんなことを言っては何ですが、自分でも実感のないまま結婚に至った。そんな気がしています」

「ご縁があったんでしょう」おれは言った。「男と女はそういうものです」

純菜が光昭の隣に座った。並んで座ると、実にお似合いの二人だった。光昭にも純菜にも構えたところはなかった。

八年、二人は結婚生活を送ってきた。子供もいた。

夫婦として、家族としてお互いを見つめている。そんな感じだった。お互いを大事にしているのは、見ていればよくわかった。

「この家はいつご購入されたんですか?」

「結婚した時ですから、やはり八年になります」光昭がリビングを見回した。「駅から少し離れているのが難といえば難ですが、静かだし環境もいい。吉祥寺に住むのは純菜の希望でした」

「素晴らしい家です。専門誌に載っていそうな家だ」

「気に入ってますよ。あんなことがなければ」

光昭がティーカップに手を伸ばした。その指がかすかに震えている。余計な話はもういいようだ。本題に入ろう。

「お伺いしたかったのは、グローバルトレーディング社の社員についてです。経理部に栗原浩二さんという方がいると思いますが、奥さんはご存じですか」

純菜に目をやった。栗原、と光昭が意外そうな声を上げた。何か、とおれは言った。

「いや、偶然ですね」光昭がティーカップをテーブルに置いた。「今日、会社で栗原くんのことがちょっと話に出たものですから」

「話とおっしゃいますと?」

「私の担当している案件で、今日経理部から報告書が提出されるはずだったのですが、夕方になってもそれがこない。どうなっているのか問い合わせると、担当している栗原くんが突然休んだので処理ができないということだった。どうやら無断欠勤したらしい。そんな話を聞いてたものですから、今あなたの口から彼の名前が出てきたのにはちょっと驚きました」

「奥さん、あなたはグローバルトレーディング社に入社し、経理部に配属された」おれは改めて話し始めた。「その時、栗原さんも経理部に籍を置いていた。つまりあなたにとっては先輩ということになる。ご存じですね？」

「もちろん知ってます」純菜が戸惑ったような表情を浮かべた。「栗原さんは三、四年年次が上だと記憶しています。あまり先輩ぶらない人で、わからないことを聞くと丁寧に教えてくれました。いい人だなあと思ってました」

「それだけですか？　率直に聞きますが、栗原さんと個人的に話をしたことはありませんか？　彼と二人でお茶を飲んだり、食事をしたり、出掛けたことはありませんか？」

純菜が光昭を見た。助けを求めるような目だった。川庄さん、と光昭が口を開いた。

「あなたの意図がよくわかりませんが、純菜と栗原くんが……二人の間に何かあったとお考えですか？」

「それを伺いたくて、今日は来ました」

おれははっきりと言った。昨日の時点で覚悟は決めていた。

「ないと思いますよ」光昭が純菜の肩に手を置いた。「純菜は入社した年の六月から、私の部署の担当になりました。私たちが交際するようになったのはそれから三カ月経ったか経たないかぐらいの時期です。私は誰にもそれを言わなかったし、純菜も同じですが、あなたが思うより相当頻繁に会っていました。他の男と会っている時間はなかったんじゃないかな」

「入社したのは四月ですよね。その後八月か九月頃からあなたはご主人と交際を始めた。四月から九月までは五カ月ある。その間に何かあってもおかしくはない」

「川庄さん、結婚するに当たって、私たちはお互いのことをすべて話した」光昭が言った。「純菜にも過去はあります。それは私も同じだ。そんなに多くではないが、恋愛したことがないわけではありません。私は純菜がどんな恋愛をしてきたのか、それほど気にはならなかった。生きていればいろいろあります。いちいち触れていたらきりがない。ただ、純菜は結婚するならすべてを知ってほしいと言った。いくつか話を聞きましたが、たいしたことはなかった。気にすることはない、と私は言いましたよ。その時、栗原くんの話は出なかった。彼と交際していたとは思えません」

「どうなんでしょう。奥さん、本当のことを話してください」

おれは純菜を見つめた。ちょっと困ったような表情を浮かべている。話しなさい、と光昭が言った。静かに純菜が唇を動かした。

「栗原さんとおつきあいはしていません」

声こそ低かったが、はっきりとした口調だった。それだけですか、とおれは言った。確かに、と純菜が話し始めた。

「さっきも言いましたが、栗原さんは親切な人でした。わたしはアルバイトとかはともかく、会社に入って仕事をするというのは、生まれて初めての経験でした。不安もありました。わからないことも多かったのですが、そんな時、いろいろ教えてくれたのが栗原さんです。優しい人だと思いました。何度か二人でお茶を飲みに行ったことぐらいはありましたが、栗原さんを男性として見たことはありません。いい先輩だというそれだけです」

「だがそれだけでは終わらなかった。そうですね?」

純菜が目をつぶる。しばらくして、口を開いた。

「……夜、食事に行こうと誘われました。お茶を飲んだりしたのはお昼休みとかそういう時間です。会社が終わってから二人きりで会うというのは抵抗がありました。栗原さんはいい人だと思ってましたが、そういう相手ではないと……お断りしたんですが、その後も毎日のように誘われました」

「それで?」

「二、三週間そんなことが続きました。はっきりさせた方がお互いのためだと思い、ある日栗原さんを呼び出して、誘われても行く気はないと話しました。かなり強く言ったと思います。それからは直接誘われることはなくなったのですが、栗原さんはわたしのメールアドレスや携帯電話の番号を調べ、一方的に連絡をしてくるようになりました」

「ストーキング？」

「……そういうことになります。メールで、どこそこに新しいレストランができたから一緒に行こうとか、携帯にも電話がかかってきました。栗原さんはわたしの住んでいたアパートも調べていて、夜、突然来たこともあります。それ以外にも何度もわたしをつけていたことがあるようです。会社帰り、どこに寄ったねとか、休日に出掛けるとそれも知ってました。わたしは怖くて……」

純菜が体を震わせた。栗原はストーカーだった。純菜につきまとうことを繰り返していた。

同じ会社で働く先輩社員がストーカーになったその恐怖は、本人でなければわからないだろう。光昭が純菜の手に自分の手を重ねた。

「彼のストーキングはどれぐらい続いたんでしょう？」

「半年ぐらいでしょうか……わたしはその後主人と交際するようになりました」純菜が光昭を見た。「理由は言わなかったけど、引っ越したいと言ったのは覚えてる？」

覚えてるよ、と光昭がうなずいた。

「春だったな。私は神泉《しんせん》に住んでいて、純菜は確か池袋かどこかだったんじゃないかな。近くに住みたいというので、それもいいだろうと思い近所のマンションを捜しました。突然といえば突然だったので、少し妙だなと思ったのですが……」

「住所を変えたかったんです」純菜がつぶやいた。「池袋の部屋は栗原さんに見張られているようで……。揉め事になればお互い傷つくだけだとわかっていましたから、我慢したつもりです。でも、半年が限界でした。主人に頼んで、引っ越すことを決めました。その場しのぎでしたけど、携帯も変えたり、メールアドレスも新しくしたりしました。そんなことをしていたら、いつの間にかストーカー行為はなくなり、ほっとしたことを覚えています」

「その後、連絡は？」

「主人との結婚が決まり、わたしは会社を退職しました。結婚の報告を会社にした直後、栗原さんから電話がありました。裏切り者と罵《ののし》られました。金が目的かとも言われました。他にも、とても言えないようなことも……怖くなって電話を切りました。その後も着信は何度もあったんですが、無視しているうちに少なくなり、しばらく経つとそれもなくなりました。わたしは結婚して、この家で暮らすようになり、子供を産み、その後栗原さんから連絡はありませんでした。正直なところ、この数年は忘れていたのが実際のところです」

「川庄さん……栗原くんが裕美の事件に何か関係があるんですか?」

光昭が姿勢を前のめりにした。わかりません、と首を振った。

「確かなことは何もないんです。ただ、彼は何かを知っているかもしれない。その可能性は大きいとぼくは思ってます。彼に詳しい話を聞きたいと思っていますが……」

そう言いながらも、おれは事件の背景を思い浮かべていた。

栗原は純菜に好意を持っていた。純菜がそれに気づいていたのかどうかはわからなかったが、優しくしてくれる先輩を冷たくあしらうことはなかったと思われた。

栗原の気持ちは同じ男としてわからないでもない。本人は意識していないのだろうが、純菜には女を感じさせる何かがある。おれもそうだが、助けてやりたいという気持ちにさせる女だった。

最初は栗原も単なる親切心だったのかもしれない。だが話をするうちに、好意が恋愛感情に変わっていった。

だが純菜にそのつもりはなかった。別に一度や二度、食事ぐらいつきあってもよかったかもしれなかったが、その気にさせると厄介なことになる。

同じ職場で働く先輩後輩だ。何かあればお互い気まずくなるし、働きにくくなる。だから純菜は誘いを断った。

栗原としては、断られるとは思っていなかっただろう。栗原の中では、純菜が自分に好意を持っているのは間違いなかった。誘いを待っているとさえ思ったかもしれない。

それなのに、純菜は断った。

栗原の性格をおれは知らない。どんな人間で、どんな人生を送ってきたかはわからない。

だが、ストーカー気質の人間だったとしたらどうなるか。純菜が言っていた通り、つきまとうようになっただろう。

しつこく連絡を取り、電話やメールを繰り返し、場合によっては純菜の行動を把握するため監視を続けたことも考えられた。典型的なストーキングだ。

純菜は表ざたになるのを恐れ、会社の上司や友人などにも相談しなかった。光昭にさえもだ。

言えないのはわかる。トラブルは避けたかっただろう。じっと耐えるしかなかった。

時間の経過と共に、栗原のストーカー行為は沈静化したように見えた。純菜は結婚を決め、退職することになった。

栗原とは接点がなくなる。もう大丈夫だろうと思った。事実、栗原からの連絡は途絶えた。

純菜は光昭と暮らし始め、子供も産まれた。すべては順調だった。栗原のことなど忘れ、数年が経った。

だが、栗原の方はどうか。栗原が純菜への思いを断ち切っていなかったとしたらどうか。何年も純菜のことを思い続けていたとしたらどうだろうか。何かのきっかけでそれが爆発するということはないだろうか。

男の心理は決して簡単なものではない。好きな女が別の男と結婚したからといって、すぐに諦められるというものではないだろう。

栗原は純菜を愛し続けていたのかもしれない。何年もその思いを抱き続け、愛情は歪《ゆが》んだ方向に傾いていった。

数日、数カ月ではない。何年も純菜のことを考え続けていたのだ。

思いは凝縮され、異常なものに形を変えていった。膨れ上がったそれが標的を見つけ、何らかの形で攻撃を加えるのは必然だったかもしれない。

もし、栗原の矛先が純菜の幸せを象徴している娘に向かったのだとしたら。その可能性はある。

おれは顔を上げた。純菜と光昭が見つめている。二人の顔が緊張で強ばっていた。

「川庄さん……私にはわからないが。栗原くんが裕美を……」

光昭が苦しそうな声で言った。わかりません、と答えてから純菜の方を向いた。

「事件後、警察の事情聴取を受けましたね。栗原さんの話はしましたか?」

いいえ、と純菜が首を何度も振った。

「そんな……事件とは何の関係もないと思いましたし、何年も前の話です。警察に事情を聞かれた時も、思い出したりはしませんでした。警察にも、誰にも話していません」

栗原を見つけなければならない。詳しい事情を聞く必要がある。

二人が口を閉じた。何を言えばいいのかわからなくなったようだ。

おれも黙っていた。とりあえず知りたいことはわかった。これ以上深く聞けば、純菜はもちろん光昭も傷つくことになるかもしれない。その必要はないだろう。

しばらく沈黙が続いたが、耐え切れなくなったように光昭がソファを離れた。リビングの端にあったマガジンラックから何かを取り出して戻ってきて、おれの前に広げる。

アルバムだった。

「裕美の写真です」光昭が言った。「あの日から……私は何日かに一度このアルバムを見ます。一年経った今でもその習慣は変わりません。あの子はいい子でした。私にとっては宝だった。何物にも変え難いものでした」

光昭がアルバムをめくっていく。女の子の写真が並んでいた。

裕美の写真はおれも見ている。事件後、一般に公開された写真や、新聞に載った顔写真などだ。だがこうして見せられると、その印象は違った。裕美という娘は活発な子だったようだ。

カメラに向かってさまざまなポーズを取っている。表情も豊かだ。子供らしいといえばそういうことだが、両親の愛情を一身に受けて素直に育っていたようだった。

純菜や光昭の写真もあった。二人とも幸せそうだった。

「川庄さんは、お子さんは？」

「息子が一人います。今、十一歳です」

「男の子ですか。いいですね、子供というものは」光昭が微笑んだ。「私は自分が子供を持つことになるとは考えていなかった。だから、産まれるまで子供というものが何なのか、自分にとってどういう意味がある存在なのか、今ひとつわからなかった。でも今はよくわかります。子供は私の人生のすべてです。神様に感謝しています。よくぞあの子を授けてくれたと、心の底から思っています」

光昭の言いたいことはよくわかった。おれも健人に対して同じ思いを抱いている。健人のいない人生など考えられない。由子に対しては複雑な思いがあったが、とにかく健人を産んでくれただけで十分だった。

写真を見ていると、純菜がそっと光昭に寄り添った。おれの視線に気づいたのか、光昭が照れたような笑みを浮かべた。

「裕美は純菜にそっくりでね。正直、私に似なくてよかった……私そっくりの娘など、ちょっとどうかと思いますね」

「……そんなことはありませんよ」

「……川庄さん、お願いがあります」光昭が口を開いた。「栗原くんを見つけていただきたい。もちろん謝礼は払います。あなたの望む金額をおっしゃってください。彼を見つけてくれれば、いくらでも払うつもりです。私は彼の話が聞きたい。純菜にとっては残酷なことになるかもしれないが。私は真実を知りたい。どうでしょう、私の願いを聞いてはもらえませんか」

おれは純菜に目をやった。不安そうな表情を浮かべている。

「柳沼さん、どうお答えすべきかわかりませんが、お金の話をしたいわけではありません。栗原は……」

その時、おれの携帯が鳴った。液晶画面を見ると、夏川、という表示があった。失礼、と断ってから電話に出ると、川庄さん？　という押し殺した声が聞こえた。

「何か？」

「つい先ほど、情報が入ったのですが……」夏川の声が更に低くなった。「吉祥寺で、七歳の女の子が学校帰りに姿を消しました。いなくなってから約五時間経っています。裕美ちゃんの事件とよく似た状況です」

「どこですか、それは」

無意識のうちに立ち上がっていた。二人が見ていたが、それどころではない。

夏川が詳しい住所を言った。吉祥寺本町だという。姿を消した女の子の家は、藤枝女子学院という学校の裏手です、と説明した。藤枝女子学院なら知っている。吉祥寺でも有名なお嬢様学校だ。

「わたしは現場に行きます。川庄さんはどうしますか?」

行く、とひと言答えて電話を切った。ここからならば時間はかからないだろう。何が起きたのか知る必要があった。

「……何かありましたか?」

光昭がつぶやいた。声に力はなかった。すいません、とだけ言って玄関に向かった。

二人が立ち上がった。突然のことに戸惑っているようだった。最後に振り返ると、純菜がじっとおれのことを見つめていた。

9

藤枝女子学院をまっすぐ目指した。道はわかっている。

二十分後、学校に着いた。捜すまでもなく、問題の家はすぐ見つかった。パトカーと警察車両が停まっていた。制服姿の警察官も何人かいる。緊張した表情を浮かべていた。

「川庄さん」

声がした。振り向いたおれの方へ夏川が駆け寄ってくる。後ろから工藤がゆっくりとした足取りで近づいてきた。

「早かったな」

工藤が言った。近くにいた、とおれは答えた。

「そっちこそ早いじゃないか。警視庁にいたんじゃなかったのか？」

「俺たちは杉並警察署にいた。一日かけて栗原を捜していた」

「見つかったか」

いや、と唇を歪めた。何があった、とおれは夏川に聞いた。

「詳しいことはまだわかっていませんが、この家に住む中村《なかむら》有梨《ゆり》ちゃんという女の子が」夏川が並んでいる家のひとつを指した。「学校から帰ってきていないということです。最後に目撃したのは通っている学校の教師で、四時半過ぎに学校を出るところを見たと」

「それからは？」

「わかりません。夕食の時間になっても帰ってこない娘のことを心配して、母親が警察に連絡してきました。八時頃です。今まで所轄の刑事が家に行って事情を聞いていたのですが、一年前の事件に酷似していることに気づき、警視庁に報告が入りました。ついさっきのことです」

「俺たちは杉並で連絡を受けた」工藤が低い声で言った。「本庁の連中もこちらに向かっているが、俺たちの方が近いから、現場に行くように指示された。まあ、言われなくても来ていただろう」

「詳しく聞かせてくれ」おれは言った。「どんな状況で女の子は姿を消した？」

「有梨ちゃんは学校に行っていました」夏川が説明を始めた。「ここから一キロほど行ったところにある、武蔵野大河原小学校です。有梨ちゃんは小学二年生で、三時過ぎに授業が終わり、有梨ちゃんは友達と教室で遊んでいました。五時から塾へ行くので、それまで時間を潰すのはいつものことでした。四時、有梨ちゃんは学校を出ましたが、忘れ物をしたと言って三十分後に戻ってきたのを小学校の教師が見ています。話もしています。有梨ちゃんに変わったところはなかったそうです。その教師は近くのコンビニへ行くところだったので、学校の外に出ているのですが、不審者などは見なかったと言っています」

「それから？」

「後でわかったことですが、有梨ちゃんは塾に行っていませんでした。そこの講師は有梨ちゃんが来ていないことに気づいていましたが、生徒が突然休んだりすることはよくあったので、そういうことなんだろうと考えたということです」

「四時半、女の子は学校を出た」工藤が腕を組んだ。「塾は五日市街道沿いにある。子供の足でも十分か十五分か、それぐらいだろう。五時には十分に間に合うが女の子は現れなかった。学校を出てからの足取りは不明だ」

有梨という女の子はどこへ行ったのか。通っていた小学校の場所をおれは知っていた。塾は知らないが、場所の見当はつく。そこまでの道を頭の中に思い浮かべた。

町の中心からは少し離れているが、人通りはあっただろう。周辺に、店などもある。四時半といえばまだ十分に明るい。子供が一人で歩いていても問題はないはずだ。

「目撃者は？」

「わかりません。有梨ちゃんが通ったと思われるルートを今所轄の警察官が調べています。見つかればいいのですが……」

「その子は携帯を持っていたりはしないのか？　他に何かないのか？」

「携帯は持たせていないそうです。連絡は取れません。学校周辺の道に防犯用のカメラが設置されていましたが、狭い範囲をカバーしているだけで、役に立つかどうかは……」

何とも言えません、と夏川が首を振った。工藤が不機嫌そうな表情で指を折った。

「いなくなったのは小学生だ。小学二年生、七歳。武蔵野市に住んでいる。父親は会社員、母親は専業主婦。四時半、学校を出たところで行方がわからなくなった。母親の話では、非常にしっかりしていて、迷子になるようなことは考えられないという。一年前の事件に似ている点が多いが、偶然なのかどうか……」

「裕美ちゃんがいなくなった事件は、今でもわかっていないことがたくさんあります」

夏川がはっきりとした口調で言った。「そもそも、裕美ちゃんが迷子になったのか、第三者の関与があったのか、それさえも明確ではありません。現象だけを見れば裕美ちゃんは神隠しにあったようなものです。ある場所までは姿を確認されていますが、その後完全に姿を消した。手掛かりはありません。最後に目撃された場所は詳しく調べられましたが、争った跡もなければ遺留品もありません。どういうことなのか不明です」

「これからどうするつもりだ」

おれは辺りを見回した。人の出入りが多くなっている。スーツ姿の男が何人か立っていたが、おそらくは刑事なのだろう。

家から三十代の女が出てきた。母親のようだ。婦人警官がその肩を抱いている。後ろに夫と思われる少し年上の男が立っていた。

女は泣いていた。歩くのがやっとという感じだ。

刑事が何か聞いている。女が通りを指さし、そのまま座り込んだ。後ろにいた男が呆然としたまま、何度も首を振っている。

「中村有梨ちゃんのご両親だ」工藤が暗い顔になった。「見てられんな。娘が姿を消したんだ。ショックは想像すらできん。泣くしかないだろう」

「あんたは何をしてるんだ」おれは工藤を睨みつけた。「偉そうに感想を言ってる場合じゃないだろう。早く女の子を捜せ」

「川庄、お前は警察という組織のことをわかっていない。女の子がいなくなったのは事実だが、捜すといっても対象範囲が広すぎる。いきあたりばったりに捜しても見つかるもんじゃない。計画的に捜す必要がある。人数だって十分に揃っているとはいえない。しかも夜だ。捜索するにも準備がいる」

「おれも手伝おう。何かできることはないか」

「部外者は邪魔になるだけだ。余計な手出しはするな。素人の相手をしている暇はない」

「その子を捜すのはもちろんだが、栗原を捜してみたらどうだ。奴が姿を消し、続いて女の子が行方不明になった。何か関係しているんじゃないのか？」

夏川がおれと工藤を交互に見た。そんなことはない、と工藤が言った。

「栗原は関係ない」

声が少しかすれていた。そうでしょうか、と夏川が工藤をまっすぐ見た。

「栗原は昨夜九時頃行方をくらましました。どこへ逃げたかは不明です。一日捜しましたが、見つかっていません。栗原は会社にも行っていない。どこで何をしているかはわかりません。一年前の事件に栗原が関係していたとしたらどうでしょう。一年経って、栗原の周りに動きがあった。自暴自棄になって、衝動的に女の子をさらったということは考えられないでしょうか」

「栗原に関する資料は見ただろう。事情聴取を受けていたが、何も出なかった。柳沼光昭とは同じ会社に勤める社員という関係しかない」

「父親じゃない。母親だ」

おれはついさっき柳沼夫妻から聞いた話を二人に伝えた。栗原が純菜のストーカーだったこと、その執着は深かったと思われることを話した。

そんな話は聞いていない、と工藤が横を向いた。だが事実だ、とおれは言った。

「奥さんは警察に栗原のことを話していないと言った。栗原には動機があった。何か裕美という娘のことを知っている可能性は高い」

「今日、グローバルトレーディング社の総務部に問い合わせました」夏川がメモを見ながら言った。「一年前の四月二十日、栗原が出勤していたかどうか聞いたんです。記録が残っていました。当日、栗原は欠勤しています」

「あんたらは栗原という男の存在を知っている。知っている情報は全部伝えた。栗原に不審な点があることもわかっている。おれはすべてを話した。奴に疑わしいところがあることもわかっている。

るのは認めるだろう。実際、今日一日栗原を捜したとあんたらは言った。おれほどじゃないが、奴を怪しいと思っている。そして今日、また女の子がいなくなった。栗原と何か関係していると思うのは不自然か？」

工藤が首を捻った。言葉は発しない。何か考えているようだ。しばらくして、ゆっくりと口を開いた。

「お前の見方は一方的だ。先入観も入っている。まともに取り合う刑事はいない」

「だが、おれの言ってることは正しいとあんたは知っている。違うか？」

「うるさい。正しいかどうかは知らん。いいところ五分五分だろう。それでもお前の言うことはわからんでもない。本部に報告しよう」

恩着せがましく工藤が言った。言い方は個人の自由だ。あえて文句は言わないことにしよう。

「川庄、どうして首を突っ込む？」工藤が肩をすくめた。「何の得がある。金か？」

「そう言えば金の話をしてなかった」おれは頭を掻いた。「しておくべきなんだろうな」

「お前の魂胆がわからん。思ってるよりお前は危ない橋を渡ってるんだぞ。その気になればお前を逮捕することだって……」

「そんな暇があったら女の子を捜せ。中村有梨って子もそうだが、柳沼裕美ちゃんもだ。それがあんたの仕事だろ？」

「仕事だ」工藤がうなずく。「だがお前は仕事じゃない。何のためだ？」

「何のためもへったくれもあるか、馬鹿」我慢できずにおれは怒鳴った。「子供だぞ！　何があったのかも、今どうしているのかも知らん。だけど放ってはおけない。知らん顔なんかできない。当たり前じゃないか」

「……お前に何ができる？」工藤が真剣な顔で言った。「素人が一人で何をするというんだ。見つけられるわけないだろうが」

「かわいそうじゃねえか」

「……それは……」

「世界中が諦めてもおれがいる。死ぬまで捜す。文句があるなら今すぐ手錠をかけろ。でも、それも同じことだ。釈放されたらおれは女の子を捜す。どんな手だって使う。法律なんか知ったことじゃない」じゃあな、と手を振った。「おれはやることがある。いつまでもここにはいられない」

「どこへ行くんですか」

夏川の声に、栗原を捜すと言ってその場を後にした。夜が深くなっていた。

10

その足でハモニカ横丁に行った。小さな店がひしめきあっている。ほとんどの店が閉店していたが、まだ開いている店もあった。

その中の一軒に向かった。けばけばしいネオンが光っている。

「あら、いらっしゃーい」

声がかかった。ギリコといって、この店の副店長だ。死ぬほど何度も来ているので、お互いによく知っている。

「忙しいかい？」

おれは聞いた。皮肉ですか、とギリコが唇を曲げた。そういうわけではなかったが、とにかく店は暇らしい。吉祥寺の数少ないオカマバー、エスメラルダに来る客は多くないようだった。

「ちょうどよかった。京子ちゃんを呼んでもらえるかな？」

お席にどうぞ、とギリコが言ったが、ここでいいとおれは出入り口を動かなかった。今日は客じゃない。ふん、と鼻を鳴らしたギリコが、ママー、ママーと奥に向かって叫んだ。

「川庄さんよ」

中から京子ちゃんが飛び出してきた。メイクが中途半端で、つけまつげが右だけしか入っていない。

「どうしたの？　最近全然来なかったじゃない」

会いたかったのよ、と抱きついてくる。それどころじゃない、とおれは言った。

「助けてほしいんだ」

「いいわよ」

おれの頼みを何のためらいもなく京子ちゃんは受け入れた。おれが言うのも何だか、おれたちの間には間違いなく信頼感がある。

「この男を捜している」携帯を取り出して、栗原の写真を見せた。「また女の子がいなくなった。こいつが関係しているとおれは思っている。見つけないと女の子が最悪死ぬことになるかもしれない」

「あら、いい男」京子ちゃんが写真を見てウインクした。「サラリーマンね？　独身？　ストレート？」

「知らない」おれは手を振った。「名前は栗原浩二、三十五歳の会社員だ。昨晩九時過ぎまで明大前辺りにいたことがわかっているが、その後は不明だ」

「悪いことをするような男には見えないけどねえ」写真を送って、と京子ちゃんが言った。「人間ってわからないよね」

京子ちゃんの携帯に栗原の写真を添付した空メールを送った。胸元から携帯を取り出した京子ちゃんが、受信したことを確認した。

「それを知り合い関係にばらまいてほしい」おれは両手で拝んだ。「今日一日、どこかでこの男を見かけた奴は知らせてくれと頼むんだ」

おれがこの店に来たのは、京子ちゃんが異常に顔が広いことを知っていたからだ。

京子ちゃんはオカマだ。男でも女でもない。この手の人種は時と場合によって人格を変えることができる。

だから友達が馬鹿みたいに多い。男友達も女友達もいる。おまけにその年齢や職業もばらばらだ。

京子ちゃんは客商売をやってるぐらいだから、もともと社交的で、オープンハートな性格だった。いろんな人から相談を受けることも多く、三台持っている携帯やスマホのアドレス帳は常にフルだった。

おれは京子ちゃん以上に広い人脈を持っている人間を知らない。頼めば何とかなると信じていた。

「ギリコちゃん、裏行ってあたしのバッグ持ってきて。大至急お願いしまーす」

ギリコが走りだした。上下関係というのはこういうことを言うのだろう。この世界もなかなか厳しいようだ。

「時間が遅いのが難ね」京子ちゃんが携帯を操作しながら言った。「もう十一時よ。みんな起きてるかしら?」

ギリコがバッグを持って戻ってきた。中から二台の携帯を引っ張り出す。

信じ難い早さで指を動かしていたが、しばらくすると一斉送信終わり、と言っておれに笑いかけた。

「どうする? ついでにつぶやいとく?」

京子ちゃんはツイッターもやっている。おれはそういうことに興味がないので見たことはなかったが、こまめに更新を繰り返し、独特の切り口でつぶやいているという。最初は店の客や同業者が見ているだけだったが、すぐに評判になり、今では数千人のフォロワーを抱えていると聞いていた。

「後は待つしかないわ。つぶやきなさい」

京子ちゃんが携帯をいじり、はいオッケー、とかわいらしく指で丸を作った。返事がどれだけあるかはわからない。

「悪いね、突然で」

「川庄さんのためなら何でもする」京子ちゃんが真面目な顔になった。「間違いない。どんなことでもする」

飲んでいってよ、とおれの手を握った。栗原に関する情報が来るまではどうすることもできない。言われた通り席に座った。

音楽かけてちょうだい、と京子ちゃんが叫んだ。アースウインド&ファイアーのセプテンバーがフルボリュームで店内に流れ出す。京子ちゃんは三台の携帯をテーブルに置いて、おれの膝に手をかけた。

「話してよ。何があったの?」

おれはこの数日のことを話し始めた。黙ってうなずいている。バーボン、お待たせしました、とギリコがボトルとグラスを持ってきた。よろしい、飲もうじゃないか。

11

三時まで店にいて、それからチャチャハウスに移動した。京子ちゃんのネットワークは大したもので、メールやツイッターに続々と反応があり、三時を過ぎてもそれは続いていた。

返ってきたメールやツイッターをチェックすると、その多くは栗原の写真など見ておらず、京子ちゃんお久しぶりとか、お元気してた? とか、今度お店行くからねとか、要するに挨拶的なものが大半だったが、こちらの問いかけに対し真面目に答えてくれる者もいないわけではなかった。だが彼らのコメントは、写真の男は見ていない、というものだった。

栗原は明大前で姿を消した。金をほとんど持っていなかったことは間違いない。どこへ逃げるにせよ、遠くまでは行けないはずだ。

徒歩で行ける範囲にある友人の家へ行って、金を借りるという可能性はありそうに見えたが、それはないと判断していた。その友人の家に警察の手が回っていることを考えたはずだからだ。

栗原は歩いて逃げるしかなかった。夜を徹して歩いたとして、どこまで行けたか。

京子ちゃんの友人たちは武蔵野市から杉並区、世田谷区を含め新宿、渋谷まで至るところにいる。彼らが栗原の姿を見ていてもおかしくはないと思っていたが、甘かったかもしれない。

だが、待ち続けること六時間、朝の五時になってメールとツイッターに、写真の男を見たという者がそれぞれ一人ずつ現れた。諦めなくてよかったと思いながら、メールとツイッターを読んだ。

メールに返信してきたのは二十一歳の女子大生で、副業でキャバクラ嬢をやっている女の子だった。京子ちゃんの紹介でその手の店で働くようになり今ではバリバリの売れっ子だというが、そんなことはどうでもいい。

彼女によれば、昼の十二時頃、吉祥寺のモスバーガーに写真に写っているのとそっくりな男がいたという。男はコーヒー一杯で一時間ほど店にいたらしい。

女の子はたまたまその男と隣りの席に座っていたのだが、明らかに態度がおかしかったことやサラリーマンっぽいのにジャケットを着ていないことなどから、気になってしばらく見ていたという。

男はため息をついては携帯をチェックしていた。時々変な声を上げた。気味が悪くなって席を移ったが、男の声は離れても聞こえていたとメールには書かれていた。

ツイートがあったのは京子ちゃんの店の常連でもある七十歳の老人だった。何で七十のジジイがオカマのツイッターをフォローしているのかおれにはわからなかったが、それだけ暇なのだろう。

老人は吉祥寺の片町一丁目付近にある不動産屋の前で、四時半頃写真の男を見たとコメントしていた。見ない顔だし、様子が変だったので声をかけたという。

おれもそのジジイのことは知っていたが、いかにもそんなことをしそうな年寄りだった。男は声をかけられた途端に逃げていったそうだ。

二件の情報の信憑性がどこまであるかはわからなかったが、今のおれとしては信じるしかなかった。二人ともわざわざいいかげんなことを書いてくるような人間ではない、と京子ちゃんも言った。

情報から判断する限り、栗原は吉祥寺に出たようだった。明大前から夜通し歩いて吉祥寺まで出たのだ。何時頃来て、それから何をしていたかはわからない。

はっきりしているのは、夕方四時半に片町で老人に目撃されているということだった。片町か。

姿を消した中村有梨という女の子が最後に確認されたのは四時半前後、通っていた小学校でだ。片町から小学校まではそんなに遠くない。歩いて十分ほどだろう。

同じ時間、栗原はそこにいた。これは偶然か。そんなはずはない。

栗原とその女の子の間に何かがあった。そして二人とも行方がわからなくなっている。

時計を見た。朝六時、夜は明けていた。

京子ちゃんが少し眠そうな目でメールをチェックし続けている。片町へ行ってくる、とおれは言った。

「片町?」

京子ちゃんが目をこする。マスカラが剝げて、顔の半分が黒くなっていた。

「何しに行くのよ」

「この男が隠れているかもしれない。早く見つけないと女の子が危ない」

「一緒に行く」

京子ちゃんが立ち上がった。髪にでっかいコサージュをつけ、化粧はぼろぼろで、夕ンクトップにウインドブレーカー、下はミニスカートという格好だ。

丁重にお断り申し上げたが、京子ちゃんは聞かなかった。止めても無駄だとわかったので、一緒に行くことにした。

チャチャハウスを出て、タクシーに乗った。見るからに異様なカップルに対し、運転手は何も言わなかった。怖かったのかもしれない。

片町一丁目まではワンメーターの距離だ。すぐに着いた。京子ちゃんがよたよたした足取りで車を降りる。捜してみよう、とおれは言った。

「捜すって、どこを？」

「この辺にはマンションやアパートが死ぬほどある。一軒一軒当たっていく。空き室があるはずだ。そこに奴がいるかもしれない」

「気の遠くなるような話ね」京子ちゃんが周囲を見回した。「吉祥寺よ。建物は腐るほどある。全部捜すつもり？」

「全部とは言わない。できる限りやってみよう。京子ちゃんはここから南側の建物を調べてくれ。おれはこっち側を捜す」

「もう朝よ。住んでる人も起きてくる頃だわ。警察を呼ばれたら面倒よ」

「細かいことを気にしちゃいけない。その時はその時だって」

無茶苦茶ね、とか何とかつぶやきながら、案外素直に京子ちゃんが目の前の大きなマンションに入っていく。おれも歩きだした。

無茶は百も承知だ。それでも何でも、栗原を見つけなければならない。マンションやアパートの中に入っていき、表札を見て空き室を捜す。あればドアを探り、鍵がかかっているかどうかを確かめる。かかっていれば諦めるし、開いていれば中に踏み込む。今どき東京で無施錠の部屋などあるのかわからなかったが、そもそも無施錠でないと栗原は入れない。同じ理由で、建物自体がオートロックの場合は最初から除外した。

二時間が経過した。様子はどうか、と時々京子ちゃんに電話した。

意外と空き室ってないわね、という答えが返ってきた。そりゃ吉祥寺だからな。住みたい町ナンバーワンの称号は伊達じゃない。部屋も埋まっているだろう。

それでも捜していくと空き室はあった。ひとつひとつ調べてみたが、当たりはなかった。

八時を回り、人の出入りが多くなっていた。おれの姿を見て眉をひそめる住人もいた。知らない男がうろうろしてたら、そんな顔にもなるだろう。おれはまだいい。京子ちゃんを見た者がどんな反応を示すのか、あまり考えたくなかった。

八時半、弥生コーポという看板の出ているアパートの前に立った。そろそろ諦めなければならないだろう。

これ以上続けていれば、本当に警察を呼ばれることになる。ここを最後にしようと決めて、おれは建物の中に入っていった。

弥生コーポは古めかしいアパートだった。二階建てで、一階に八部屋、二階にも八部屋あるのが集合ポストを見てわかった。

ポストに名前の書いてない部屋が二つあった。一階の107号室と二階の205号室だ。

107号室の前に行くと、階段から学生らしい男が降りてきた。おれを見て、ちょっと表情を歪める。

隠れる場所もないので、開き直って愛想笑いを浮かべた。男が肩をすくめて、外に出ていった。

107号室のドアに手をかけた。引いてみると、鍵がかかっているのがわかった。中の様子を窺ってみたが、人の気配はなく、誰もいないのは間違いないようだった。念のために窓を調べたが、やはり開かなかった。仕方がない。諦めよう。

二階へ上がった。205号室は廊下の真ん中にあった。

一階と同じようにドアを探る。鍵がかかっていた。携帯を取り出し、京子ちゃんに電話をした。

「もしもーし。そっちはどうかな?」

「難しいわねえ」京子ちゃんのため息混じりの声がした。「空き室はあるんだけど、全部鍵がかかっているのよ」

おっしゃる通りで、おれが調べたところでも、鍵が開いていた部屋は三つしかなかった。不動産屋もしっかり管理しているということだ。

「この辺で終わりにしようか。飯でもどう？　おごるって。吉野家なんかいかが？」

「あら、デートのお誘い？」京子ちゃんが笑った。「いいわね、それも」

「駅で待ち合わせよう。すぐ行く」

ロマンチックねえ、と京子ちゃんが言った。電話を切って、ポケットに押し込む。後で夏川に話すことにしよう。栗原が片町付近で最後に目撃されたことがわかれば、捜索範囲も縮まるはずだ。栗原が見つかれば、いろんなことに片がつく。

立ち去ろうと思ったが、一応窓を確かめてみた。指で横にずらすと小さく動いた。開いているのだ。

廊下に面した窓で、おそらくはキッチンにつながっているのだろう。更にずらすと、窓が全開になった。何とか中に入れそうだ。

廊下の左右を見て誰もいないことを確かめてから、上半身を窓に突っ込んだ。工藤が見たら喜んでおれを逮捕するだろう。

誰も見ていないでくれと祈りつつ、腕に力を込めた。数秒後、部屋の中に入っていた。

「誰かいますか」低い声で呼びかけた。「いませんよね?」

返事はない。おれが入ったところは予想通りキッチンだった。周りの様子を窺う。静かだった。

壁に触れて、電気のスイッチを捜す。押してみたが、明かりはつかなかった。

天井を見上げると、照明が外されていた。つかないのは当たり前だった。

キッチンには何もない。襖《ふすま》があったので開いてみる。六畳ほどの部屋につながっていた。

リビング兼寝室といったところだろうか。フローリングだった。床の上には何もない。前の住人が出ていってからしばらく経つようだ。

異常はなかった。これ以上いても意味はない。出ようと思ったが、もうひとつ確認しなければならない場所があった。浴室だ。

おれはキッチンの奥にあった浴室へ行った。大きなキャリーバッグがあった。

なぜこんなものがここにあるのか。住人はいないのではなかったのか。

浴室のドアは磨《す》りガラスだった。ちょっと躊躇した。開けない方がいいんじゃないか。嫌な感じがする。

だが、結局おれはドアに手をかけていた。やらなければならないことなのだ。

ドアを開く。目の前に男の体がぶら下がっていた。

栗原だった。

浴室の電灯にネクタイをかけて首を吊っていた。確認するまでもなく死んでいた。失禁したのか、スラックスの股間が濡れていた。

栗原は死んでいる。もうどうしようもない。それよりもっと重要なことがあった。キャリーバッグに飛びついた。

ファスナーに指をかけて一気に開く。頼む。頼むから間に合ってくれ。バッグの口を大きく広げる。

つやつやした髪の毛が見えた。両手を突っ込んで、引っ張り出す。女の子だ。目をつぶっている。頼む。目を開けてくれ。

女の子の左胸に手を当てる。白のブラウス越しに、心臓の鼓動を感じた。手首を握る。そこにも脈はあった。生きている。この子は生きている。

「しっかりしろ。大丈夫か」

女の子を抱きかかえながら叫んだ。女の子が片目を開けて、また閉じた。

携帯を取り出して、夏川の番号を押した。もしもし、という声が聞こえた。

「川庄だ。行方不明になっていた女の子を見つけた。すぐ救急車を呼んでくれ！」

「どこですか？」

「片町一丁目の弥生コーポというアパートだ。二階の205号室にいる。栗原も見つけたが、死んでいる。首を吊っていた。その話は後でするから、今は女の子だ。救急車だ！」

「わかりました。女の子は無事なんですか？」

「脈はあるがおれは医者じゃない。無事だとは言い切れない。早くしてくれ！」

すぐに、という返事と共に電話が切れた。女の子を床に寝かせ、様子を見守る。

大丈夫か、しっかりしろ。すぐ病院に連れていってやる。少しだけ待ってくれ。

畜生、救急車はまだか。夏川は何をしている。

時間がのろのろと過ぎていった。おれにとっては一時間にも二時間にも思えた。

12

救急車が到着したのはサイレンの音でわかった。部屋の外に飛び出し、こっちだと怒鳴った。

白衣を着た二名の救急隊員が担架を持って二階に上がってきた。それを追いかけるようにして二台の警察車両がアパートの前に止まった。

出てきたのは夏川を含めた数人の刑事たちだった。工藤もその中にいた。工藤の顔は真っ赤だった。

「川庄！　いったいどういうことだ！」

　205号室に入ってきた工藤が叫んだ。静かに、と救急隊員が言った。おれを怒鳴るより女の子を病院に運ぶ方が優先されるということは工藤にもわかったようだった。口を閉じた工藤の前で、救急隊員が女の子を手早く調べた。生きていることを確認して担架に乗せる。

　どうなんですか、と泣きそうな口調で聞く夏川に、救急隊員がうなずいた。大丈夫だという意味だろう。

　女の子が運ばれていった。おれは廊下に飛び出して、下を見つめた。行くぞ、という声がして、すぐにサイレンの音と共に救急車が走りだした。

　大きく息を吐いたが後ろから肩を摑まれ、部屋に引き戻された。工藤の大きな顔が目の前にあった。

「栗原はどこだ」

　工藤が短く言った。浴室だ、と答えると、部屋にいた二人の刑事が大股で向かった。すぐに出てきた一人の男が携帯を取り出して何か言った。一分後、濃紺のブルゾンを着た何人かの男たちが入ってきた。鑑識の連中のようだった。

「川庄、いったいどういうことだ。説明してもらおう」

工藤が睨みつけた。京子ちゃんのことは伏せて、だいたいの経緯をおれは話した。持っていた栗原の写真を知り合いにばらまき、情報を募ったこと。その中に片町一丁目付近で栗原らしい人物を見かけたという情報があったことから、片町まで来て一軒一軒マンションやアパートを捜したと説明した。工藤が不機嫌な顔になった。

「川庄、お前は法律というものを知らんのか。勝手に建造物に入り込めば、それは立派な犯罪だ」

「そんなことを言っている場合じゃないだろう。とにかく、おれはこの部屋を捜し当てた。中に入り、調べて回った。栗原の死体を見つけ、キャリーバッグに入った女の子を見つけて警察に連絡した。そしてあんたたちがここにいる。そういうことだ」

「栗原は死んでいた。お前が追い詰めた。お前が殺したようなものだ」

「工藤さん、川庄さんを責めるのは酷です」夏川が割って入った。「手段には問題があったかもしれませんが、川庄さんは中村有梨ちゃんを見つけだし、救出しました。もし川庄さんがいなかったら、有梨ちゃんはどうなっていたか。栗原が死んだのは決して望ましい決着とは言えないかもしれませんが、有梨ちゃんは救えました。最悪の結果ではないと思います」

「だが一年前の事件について、栗原に話を聞くことはできなくなった」工藤が暗い顔になった。「柳沼裕美という女の子に何があったのか、生きているのか死んでいるのか、どこにいるのか、それを知っているのは栗原だけだ。奴が死んでしまった今、これ以上捜査はできない」

「それは……その通りですが」

夏川が黙った。こいつが余計なことをしなければ、と工藤がおれを見た。

「栗原はここまで追い詰められることはなかった。女の子をさらったり、自殺することもなかっただろう。警察にすべてを任せていればもっとスムーズに事件は解決できた。そうじゃないか？」

「おれが余計なことをしなかったら」おれは言った。「警察が栗原に目をつけることもなかっただろう。一年間、捜査は進まなかった。どちらにしても柳沼裕美の行方はわからないままだった。違うか？」

「偉そうに……お前は人殺しだ。一人の人間を死に追いやった。責任は感じないのか」

そこを突かれると弱かった。工藤の言う通り、おれが栗原を追い詰めたのは確かだ。性急に事を進め過ぎたのかもしれない。もっとうまいやり方もあっただろう。

栗原を自殺に追い込んだのはおれだ。だが、夏川が首を振った。

「川庄さんの責任ではありません。こんな結末を迎えたのは栗原に問題があります。言い方は悪いかもしれませんが、自業自得です。栗原は自分のした事の責任を自分で取った。そう考えるべきではないでしょうか」

「夏川、警察官がそんなことを言ってはいかん。犯人が自殺したことで事件を終わらせるのは最悪の結末で、捜査の失敗を恥じるべきだ。栗原は自分自身を裁いたというが、それも間違っている。犯罪を犯した人間は法律によって裁かれるべきだ。人間は神様じゃない。自分を裁くことはできん」

工藤が低い声で言った。わかってはいますが、と夏川が目を逸らした。それ以上は工藤も言わなかった。

浴室からブルゾンの男たちが出てきた。運んでいいよ、とぞんざいに言う。工藤が部屋にいた刑事たちに、よろしく頼む、と言った。刑事たちが動き出した。

「川庄、お前にはまだ聞きたいことがある。簡単には帰さんぞ。いいな」

わかった、とうなずいた。京子ちゃんに電話しなければ。牛丼はまた次の機会になるだろう。許してくれるだろうか。

13

おれへの事情聴取はそれから一時間ほど経った後に行われた。

工藤が知りたがったのは、おれが入った時の部屋の状況だった。隠すつもりはなかったので、覚えていることをすべて話した。

栗原を発見した時のことも聞かれた。工藤はその顔から判断する限り、大ざっぱな男に見えたが、意外に細かいところがあった。

二時間話をさせられた後、パトカーに乗せられ、武蔵野警察署まで連れていかれた。まだ何かあるのかと聞くと、黙って言われた通りにしろ、と言われた。警察は横暴だ。

そのまま取調室に通されたが、誰も入ってこなかった。その後長い間放置された。

若い婦人警官が何度かお茶をいれて持ってきてくれたが、どうなってるんだと聞くと、担当ではないのでわかりません、と言われた。警察はお役所だ。

三時間後、工藤と夏川が来た。どういうつもりなのかと問いただすと、本当にすいません、と夏川が頭を下げた。

そうじゃなくて、と言いかけたおれに、こっちへ来いと工藤が言った。不満そうな表情だった。

後についていくと、応接室という部屋に通された。取調室とは違って、いい匂いがした。座っていた男が立ち上がっておれに挨拶して、警視庁の丸山《まるやま》と申しますと名刺をくれた。肩書きには、警視正、とあった。

よくわからないが、相当偉い人らしい。工藤も夏川も何も言わなかった。

「川庄さんですね。お座りください」

丸山は様子のいい男だった。年齢は四十かそこらだろう。

仕立てのいいスーツと上等な靴を身につけている。きれいに髪を分けていた。かなり痩せているが、ワイシャツの下が筋肉で覆われているのは見ればわかった。

高学歴の匂いがすると思ったのは、おれの先入観だけではないだろう。いわゆるキャリア警察官だとわかった。

エリートなのだろうが、ひ弱さはない。こういうタイプの男が出世するのは、おれの銀行マン時代の経験から言っても間違いなかった。

「一年前に起きた柳沼裕美ちゃん行方不明事件の責任者です」

そう言った丸山が胸ポケットから銀縁の眼鏡を取り出す。おれは革張りのソファに座った。

「何か飲み物を……川庄さんは何がいいですか？　今日は暑いですからね。冷たいものでもいかがです？」

ここまで低姿勢でこられると、かえって気持ちが悪い。ここは警察署で、この男は警察官なのだ。

答えないでいると、アイスコーヒーでよろしいでしょうか、と愛想笑いを浮かべた。はあ、とうなずくと、アイスコーヒーを二つお願いできますか、と言った。夏川が無言で応接室を出ていった。

「今回はいろいろご協力ありがとうございました。感謝いたします」

丸山が頭を下げた。工藤はしかめっ面を浮かべていた。

「報告はすべて聞きました。あなたがいなかったら、もっと事件は長引いていたでしょう。最悪のケースも考えられた。いくつか問題はありますが、行方不明になっていた女の子は無事戻ってきた。それで良しとするべきでしょう」

「あの女の子は中村有梨ちゃんだったんですね？」

おれは聞いた。そうだとは思っていたが、確認したわけではない。もちろんです、と丸山が微笑んだ。

「あなたが発見した女の子は我々が捜していた中村有梨ちゃんでした。有梨ちゃんのことも話しておいた方がいいでしょうね。彼女はあの後すぐ病院に搬送され、医師の診察を受けました。意識を失っていましたが、すぐ回復しました。怪我などはなかったそうです。軽い脱水症状がありましたが、現在、治療を受けていて、こちらも問題ないでしょう。医師の話では、あと数時間経っていたら、もっと深刻な事態も考えられたということです。しばらくは入院することになると思いますが、彼女を無事ご両親の元に帰すことができました。本当にありがとうございました」

応接室のドアが開いて、夏川がお盆にアイスコーヒーを載せて入ってきた。受け取った丸山がおれの前に置いた。

「ミルクはいりませんか？　どうぞお飲みください」

丸山は異常に丁寧で、おれはそういう待遇には慣れていない。正直、うざったかった。

おれは工藤という男が好きじゃない。工藤は態度が悪く、言葉遣いも汚い。ただ、嘘は感じられなかった。工藤もおれのことが嫌いで、それをはっきり顔に出している。

おれとしてはそういう人間の方が信じることができた。丸山は違った。きっと、裏がある。本音を隠して笑顔を作る男は苦手だった。

「栗原が女の子をさらったんですか?」

「そうです」丸山がうなずいた。「あの男の足取りについて、だいたいのことは摑めました。あなたもご存じのように、栗原は明大前から吉祥寺に移動していました。早朝、井の頭通りを歩いているところを防犯カメラが捉えていました。その後商店街のカメラも彼を写しています。決定的だったのは、有梨ちゃんが通っていた小学校近くのカメラにも写っていたことです。時間などから考えると、栗原は吉祥寺を歩き回り、最終的に小学校に行き着いたようです。そこで有梨ちゃんを見つけた。時間的にも符合します。栗原が有梨ちゃんをさらったのは間違いありません」

「あの部屋をどうやって見つけたんでしょうか」

「栗原が片町付近を歩いていたのもわかっています。先ほどからカメラの話をしていますが、常にカメラが栗原の姿を捕捉していたわけではありません。残された映像は切れ切れです。それらをつなぎあわせて栗原の行動を推定しているわけですが、奴が片町にいたことは間違いありません。およそ二時間はいたでしょう。その間にアパートなどの空き室を捜し、そこを拠点にしていたと思われます。キャリーバッグにしても同様で、奴がそれを持って歩いている映像は見つかっていませんが、吉祥寺近辺の店舗から盗んだのでしょう。類似する商品を販売している店を捜索中です」

丸山は自信あり気に答えた。事件に関する事なら何でも答えられるらしい。

「栗原が有梨ちゃんをさらった。あの部屋に監禁して、その後自殺した。そういうことですか?」

おれの質問に、そういうことでしょう、と丸山がうなずいた。

「栗原は小学校から出てきた有梨ちゃんを見つけた。有梨ちゃんは一人だった。うまく言葉で誘ったのか、それとも強引な手段でだったのか、とにかく有梨ちゃんをあの部屋まで連れていった。まだ栗原は解剖に回されていませんので、奴が何時に首を吊ったのかはわかっていませんが、どこかの時点で逃げ切れないと悟り、自ら命を断った。そういうことだと考えられます」

「なぜ栗原は自殺したんでしょう」

「そこは難しい」丸山が眼鏡を外して、丁寧にレンズを拭いた。「ですが、こういうことは言えると思っています。栗原が一年前、柳沼裕美ちゃんをさらったことは確実だと我々警察は考えています。あなたが調べた通り、奴は柳沼純菜さんのストーカーでした。彼女を付け狙い、さまざまな手段で連絡を取ろうと試み、断られても断られてもしつこくつきまとった。諦めるということはなかった。結婚しても執拗に追いかけた。証拠も出てきました」

あれを、と丸山がささやいた。夏川が持っていたファイルを広げる。写真が数十点入っていた。

「栗原の自宅から発見されました」夏川が言った。「栗原の家を家宅捜索したところ、これが見つかったんです。整理棚の裏に隠されていました」

おれは写真を見た。そこに写っていたのは柳沼純菜だった。さまざまな姿の純菜が写っている。

「これだけではありません」夏川が別のファイルを手に取った。「柳沼光昭さんの写真や、裕美ちゃんの写真も見つかりました。栗原が撮影したものと思われます」

写真を渡された。光昭や裕美が写っていた。笑顔をレンズに向けている。家で撮ったものだとわかった。

夏川がファイルを閉じる。丸山がゆっくりと口を開いた。

「栗原は純菜夫人のことを愛していた。間違った形ではありますがね。その思いが膨れ上がり、純菜夫人を自分のものにするためには娘がいなければいいと思い込んだ。娘さいなくなれば夫婦は別れると考えたのかもしれませんし、裕美ちゃんは柳沼家の幸せの象徴でもあります。いなくなれば夫婦は別れると考えたのかもしれません。だから、周到な準備をして裕美ちゃんを誘拐した。認めたくはありませんが、おそらく裕美ちゃんはもうこの世にはいないでしょう」

丸山が黙った。ちょっと芝居がかった沈黙だった。しばらくして、再び話し出した。

「一年経っても警察は犯人を見つけられなかった。栗原は安心していたかもしれません。そこにあなたが現れた」

おれの方を向いてにっこり笑った。感情のない笑みだ。

「事件が起きた当初、警察は会社に協力を要請して社員全員に事情聴取をしています。栗原にも話を聞いている。その時点では栗原も警察が入ってくると予測していた。自分は行方不明になった女の子の父親と同じ会社で働いているだけで、事件とはまったくの無関係だと主張した。その段階で栗原に不審な点はなかったし、純菜夫人との関係もわからなかった。栗原はただの同僚と考え、疑念を持つ者はいませんでしたが、これはやむを得なかったでしょう」

丸山が両手を広げた。警察の責任ではない、と言いたいようだった。

「その後会社に興信所が入り、調査をしましたが、ここでも栗原は無関係の第三者という立場を貫き、そう扱われた。その後会社関係の人間を調べる者は現れなかった。もう大丈夫だと栗原は考えた」

丸山の言う通りだろう。グローバルトレーディング社が調べられたのは事件後数カ月だけで、その後はノーマークになっていたことは夏川から聞いていた。

「だが一年経って、あなたが現れた。会社に来て、柳沼光昭と会い、いろいろ調べ始めたことに栗原は気がついた。終わったはずではなかったのか、と混乱したでしょう。しかも、あなたは警察の人間には見えないし、興信所の探偵とも思えない。いったい何者なのか、と不安になった」

「そうなんでしょうね」

「栗原はあなたが会った総務関係の人間のデスクを調べ、あなたの名刺を捜した。無茶をしたものだと思いますが、必死だったのでしょう。名刺にはあなたの携帯電話の番号があった。迷ったでしょうが、電話をしてみることにした。それ以外、あなたの正体を知ることはできないと考えた。そして電話をかけたわけですが、これは大きなミスでした」

丸山がアイスコーヒーにストローを差し入れた。川庄さんもどうぞ、と勧めてくれたので、おれもひと口飲んだ。苦い味が舌に残った。

「栗原が思ってた以上にあなたは鋭かった。誰かは特定できないが、柳沼光昭と同じ会社に勤める社員が電話をかけてきたと考え、すぐに会社に乗り込み怪しいと思われる人間の首実検をした。栗原は殺人を犯している。プロの犯罪者じゃない。揺さぶれば動揺するとあなたは考えたわけですが、その通りだった。栗原は現れたあなたを見て焦った。その様子を見て、あなたは栗原が何か知っていると確信した」

あの時、栗原の反応は明らかにおかしかった。何か知っていると言ったも同然だった。おれもそれなりに長く生きている。様子が変ならわかるぐらいの人生経験はあった。

「その後あなたは栗原の家を訪れ、事情を聞こうとした。率直に言いますと、これは失敗でしたね。そこまでしなくても良かったのではないかと思っています。栗原はあなたを見て、逃げ出した。当然の反応です。そこまで考えてから動いてほしかった」

工藤が咳払いをする。すみません、とおれは頭を下げた。

「あなたは栗原を追い詰めていた。ちょっと厳しい言い方をすれば、追い詰め過ぎていたかもしれない。奴は普通の会社員でした。前科もない。柳沼裕美ちゃんの事件についても、殺害するつもりはなかったのではないか。殺してしまったことに後悔もあったでしょう。もちろん捕まりたくはなかった。だが追われていることは確かです。自宅まで知られている。逃げようにも手段がない。金さえ持っていない。どうにもならなくなって、栗原の心は壊れた」

「……壊れた」

おれの言葉に、おそらくは、と丸山がうなずいた。

「栗原は正気を失っていたでしょう。逃げることしか考えられなかったが、どこにも逃げ場はなかった。明大前から吉祥寺へ移動したのは、他に動ける場所がなかったということもあるかもしれません。交通費もなかったんでしょうね。吉祥寺で何時間も過ごした。町中をうろつき回り、片町へ行ったのはたまたまでしょう。そこで女の子を見つけた。栗原の頭に一年前のことがフラッシュバックして、衝動的に女の子をさらって逃げた。栗原は一年前の犯行を再現した。ストーカーにはよくあることです。頭の中にあったのは純菜夫人のことだけだった。女の子をさらえば純菜夫人が自分のものになる。そんな妄想を抱いて、栗原は女の子をさらったのでしょう」

「栗原が正気を失っていたことは十分に考えられます」夏川が言った。「一年間、栗原は自分の犯した罪の重さを抱えて生きていました。毎日が恐怖の連続だったでしょう。いつ逮捕されてもおかしくない。警察が自宅に踏み込んでくるかもしれない。プレッシャーは尋常ではなかったでしょう。限界だったのかもしれません。そこへ川庄さんが現れた。破裂寸前の水袋のようだった栗原の心が爆発したのは、無理もないことです」

「女の子をさらう前に、片町で空き室を見つけていた栗原はそこへ行ったが、逃げられないと覚悟したのでしょう。自分の命を絶つことを決心した。そういうことではないかと思っています」

丸山が話を終えた。論理には説得力があった。

判明している証拠を組み立てて、可能な限り事実に近づけたことは間違いない。やはり丸山は有能な警察官だということがおれにもわかった。

「川庄さん、あなたがこの事件に関わっていなかったら、事態はもっと大変なことになっていたでしょう。ご協力に感謝します」

丸山が頭を下げた。警視正というのがどれぐらい偉いのか知らないが、よほど異例なことのようだ。

工藤のしかめっ面は変わらない。そこまでしていただく必要はありません、とおれは手を振った。

「素人が何もわからずに首を突っ込んだら、たまたまいろんなことがうまく回っただけのことです。犯人がわかったのは一種の偶然で、ぼくが何をしたというわけじゃないんです」

「後は柳沼裕美ちゃんがどこにいるかですが、事件が新しい展開を見せた以上、捜査も一からやり直しということになります。具体的には捜査本部を設置し直し、人員を増やして、裕美ちゃんの捜索に当たるということです。これまでは犯人がどこに住んでいるかさえ不明だったため、捜索範囲を絞り込むことができませんでしたが、栗原が犯人とわかった今、場所を限定して考えることが可能になりました。後は我々に任せてください。必ず裕美ちゃんを見つけてみせます」

丸山が言い切った。エリートはなかなか断言しないものだが、自分と警察組織に対する自信があるようだった。

「……もう少しお話ししてもよろしいでしょうか。お時間は大丈夫ですか？」

丸山が機嫌を取るように言った。おれとしては聞きたいことはだいたい聞いたし、こちらから話すことはもうほとんどない。

早く帰りたかったが、まだ話があるようだったので、それを聞くことにした。終わるまでは帰らせない、という丸山の姿勢も透けて見えていた。

「川庄さん、繰り返すようですが、あなたの取った行動には感謝しています。警察にとっても非常に有益なことが多かった。一年未解決だった事件がこれほど早く決着がつくというのは、珍しいケースです。本当に助けられました」

いいえ、とおれは言った。丸山が眼鏡の奥で目を細くした。

「ただ……まったく問題がないわけではありません。あなたはいくつか法律の範囲を越えた動きをしています。責めるつもりではありませんが、これは事実です」

「……申し訳ないと思っています」

「特に、栗原を見つけるためとはいえ、建物に無断で侵入したことはやはり許されざる行為です。あなたは警察に連絡することができた。それなのにしなかった。我々も無視はできません」

丸山の口調がだんだん説教をする先生のそれに近くなっていた。こういう時にどう対処していいのかよくわからない。一転して丸山が柔和な笑みを浮かべた。

「ひとつ提案があるのですが、聞いていただけますか?」おれは黙っていたが、丸山は勝手に話を続けた。「このような考え方はできないでしょうか。あなたは栗原を発見したアパートには行っていなかった。もちろん不法に侵入したわけでもない。行っていないのだから、入りようがありません。いかがですか?」

何を言いたいのかはわかった。丸山は栗原を発見したのは警察だったということにしたいらしい。

立場はわかる。素人というより部外者と呼ぶべきおれが警察より先に犯人に辿り着いていたということが明らかになれば、警察の面子《メンツ》は丸つぶれだろう。

とはいえ、事実を曲げるのは難しい。おれが了解しなければどこかでこの話は漏れる。おれの同意を得ることが必要なのだ。

だから丸山は事件の詳しい事情をすべて話し、異常なまでに丁寧な態度でおれに接していたのだ。更におれが法律を逸脱していたことに触れ、提案を受け入れないと面倒なことになる、と暗に脅かしてきた。エリートらしく、周到なやり口だった。

おれもいい歳で、トラブルを避けるのが賢い生き方だという分別は持っていた。長いものには巻かれる。それがおれの生き方だった。

「わかりました。ぼくはあのアパートには行ってません。というか、事件のことは何も知らない。無関係の人間です。誰に何を聞かれてもそうとしか言わない。それでよろしいですね？」

丸山がしばらくおれを見つめていたが、不意に笑顔になった。合意は取れたと判断したのだろう。

そうなればもうおれたちに話すことはなかった。丸山が立ち上がって応接室の出口まで見送ってくれた。最後まで笑みを消すことはなかった。

警察署を出るところまで、工藤と夏川が一緒だった。夏川が少しセンチメンタルな表情を浮かべて、お世話になりました、と言った。おれは小さく手を振ってそれに応えた。

「個人的には納得していない」工藤は最後までしかめっ面を崩さなかった。「少なくともお前は道義的な責任を感じる必要がある。だが、今日で最後だ。お前と顔を合わせることはもうないだろう。これ以上は何も言わないことにしよう」

「最後か」おれは小さく微笑んだ。「そうだといいな。お互いのために」

工藤は無言だった。おれは武蔵野警察署を後にした。振り返ったりはしなかった。

14

家に帰ったのは六時だった。リビングに入ると、健人が座っていた。明らかに怒っていた。

「……いつもより早くないか？　学校は？」

おれは声をかけた。学校には行ってない、と健人が唸った。

「さぼったのか？」

「朝起きたら父親がいなかった。部屋の様子とかから、昨日の夜から帰っていないことがわかった。十一歳の息子を育てる親のすることじゃない。子供として、抗議する構えを見せる必要があると思った。さぼったわけじゃない。抗議活動の一環だよ」

「どこでそんな難しい言葉を覚えてくるんだ？」おれは真剣に不思議だった。「十一歳とは思えない」

「ちゃんと答えてよ」

「落ち度は認める。悪かった。お前の面倒を見るのを放棄していたわけじゃない。ちょっとどうにもならないことがあって、そっちを優先していた。お前はしっかりしているし、二、三日放っておいても問題はないが、今起きている件は目を離したら人の生死に関わる可能性があった。大袈裟に言ってるんじゃない。マジでそうだったんだ。勘弁してくれないか」

「誰か死んだの？」

健人が好奇心を剝《む》き出しにして聞いた。その辺は十一歳らしいことだった。残念ながら一人死んだ、と答えた。

「間に合わなかった？」

「そういうことになる。おれの責任ではないと言いたいが、そうも言えない。悲しい話だ」

飯は食ったのか、と聞いた。シリアルを少し、と健人が言った。

シリアル。栄養バランスは取れているかもしれないが、そんなものは食い物じゃない。今日は外で食おう、と提案した。

「ステーキでもトンカツでもいい。肉を食え。米もだ」

着替えてくる、と言って健人がリビングから出ていった。プリンにご飯をあげるのを忘れるな、とその背中に言った。

健人のことはこれでいい。後でフォローしなければならないだろうが、とりあえず良しとしよう。

おれはコンビニに電話を入れた。いろいろあり過ぎて、休むと伝えてなかった。無断欠勤ということになる。

世の中はアルバイトに厳しい。黙って休めばペナルティは大変なことになる。言い訳をしておかなければならなかった。

だがついてない時はそういうもので、おれの電話を受けたのは来年から正社員になるという芝田だった。何をされていたんでしょうか、と質問してきた。こんな場合、丁寧な言葉遣いは嫌みとしか受け取れない。

「申し訳ありませんでした。連絡もしないで休むというのは、社会人として許されないことだとわかっています」

おれは頭を下げながら言った。誠意が少しでも伝われればと思ったのだが、芝田には通じなかった。

「ぼくの今の立場では何とも言えませんが、当然今日のことは上に報告します。どんな理由があろうと、無断欠勤したことは事実です。あってはならないことです」

「固いこと言うなよ」言い訳をしても無駄だと判断したので、先輩アルバイトとしての立場を前面に押し出すことにした。「お前がうちの店に入ってきた時、指導係はおれだった。お前はコンビニで働くのは初めてで、ミスも多かった。だがおれは誰にもそれを言わなかった。お前が伝票を打ち間違えて、店の売り上げが一千万円を越えた時のことは覚えてるな？　あり得ない金額に、本部から怒られたが、その時もおれはお前をかばった。伝票の打ち直しを手伝ったのはおれだ。お前にもいろいろ言いたいことはあるだろうが、ここは……」

「それはそれ、これはこれです」芝田が冷たく言った。「過去は過去です。終わったことを蒸し返すのは男らしくないですよ。黙って処分を待ってください。首になることはないはずです。ただ、時給が下がることは間違いないでしょうね」

「それが一番困る」おれは泣き落としに出た。「知っているだろうが、おれには息子がいる。十一歳で、まだ小学生だ。学校も金がかかるし、服だって食費だって必要だ。お前は子供に裸でいろと言うのか？　飯を食うなと？　そんなひどい話はないだろう。申し訳ないが、ここは穏便に……」

電話が切れた。仕方がない。

待っていると健人が入ってきた。派手なアロハシャツに短パンというスタイルだ。

「プリンにご飯は？」

あげた、と健人がうなずいた。二人並んで玄関を出る。外は何だか蒸し暑かった。

「それで、いろいろ面倒なことは終わったわけ？」

黙っていた健人がいきなり言った。おれの顔を見つめている。終わってない、と正直に答えた。

「終わったように見えるが、まだ終わっていない」

「そうなんだ」健人が足元の小石を蹴った。「いつ終わるの？」

「すぐだ。たぶん明日には片がつく」

「もう突然いなくなったりしない？」

「しない。約束する」

指切りをした。微笑んだ健人が先に立って歩いていく。

何でもいい、と背中を見つめながら思った。生きてくれればそれでいい。全部オーケーだ。

追いかけながら、携帯を引っ張り出した。番号を押すとすぐに相手が出た。

「夏川です」

「こんばんは。さっきはどうも」

「……すいませんでした」

「何が？」

「丸山警視正は捜査一課の中でもエリートです。将来的には警察庁の幹部になるという噂です。本当にそうなるでしょう。警視正は自分が担当している事件について、部外者が関わったことを認めることは立場上できないんです。理解していただけますか」

「偉い人には偉い人なりの苦労がある。それぐらいのことはわかっているつもりだ。誰にも話したりはしない。幹部候補生の出世を邪魔するつもりはない」

「すみません」

「それはそれとして、ひとつ聞きたいことがある」

前を進んでいた健人が振り向く。手を振ると、ジャンプした。走れ、と手で合図してから携帯を持ち替えた。

「何でしょう。わたしに答えられることなら、何でも話しますが」

「栗原は本当に自殺したのか？」

おれの問いは短かった。電話の向こうで夏川が驚いているのがわかった。

「……どうして……そんなことを？」

「答えてほしい。栗原は自殺したのか」

「……まだ正式には報告されていませんが……検視の結果、自殺の可能性は低いという連絡がありました。今、詳しい解剖結果を待っているところですが、他殺かもしれないということです。限られた関係者しか知りません。もちろんマスコミなどには一切漏らしていません……川庄さん、どういうことですか？　なぜ知っているんですか？」

「また連絡する」

おれは電話を切り、ついでに電源もオフにした。今日はここまでだ。

夏川にはあえて言わなかったが、おれは丸山警視正の話が間違っていることを知っていた。丸山は有能な警察官かもしれないが、立てた論理は間違っている。

偉い奴が常に正しいと思ったら大きな間違いだ。丸山にはわかっていないことがある。それは確かだった。

だが今はいい。おれも疲れた。これから息子と食事をしなければならない。それはおれにとって義務であり権利だ。ここからの時間は息子のために使う。それの何が悪い。

「早く！　こっちこっち！」

健人が叫んだ。今行く、と言っておれは走りだした。夕日が辺りを染めていた。

Part5　真実

1

翌朝、いつものように健人を送り出してから、一張羅のスーツに着替えた。ジーンズとポロシャツというわけにはいかない。おれだってTPOぐらいわきまえているのだ。九時になるのを待って、マンションを出た。井の頭通りに出ると、気持ち悪いほどのタイミングでタクシーが来て目の前で停まった。

「どちらまで」

運転手が愛想良く言った。五十代後半だろう。ベテランの風情があった。

「新生町までお願いします」

それだけ言って、シートに体を預けた。新生町のどの辺りですか、とは運転手は言わなかった。黙って車を走らせている。

十五分ほど走ったところで車を停めた。料金を支払ってタクシーを降りる。

目指している場所からは百メートルも離れていなかった。肩をすくめて歩きだす。

（いなければいいが）

真剣にそう思った。いなければ帰ると決めていた。

家に帰り、二度と余計なことには首を突っ込まない。真面目にコンビニのバイトに精を出す。

健人の面倒を見て、もう少し勉強もさせよう。平和で落ち着いた暮らしを送る。

それこそ望ましい生き方というものだ。本来、これはおれがやらなくてもいいことなのだ。

いなければいい。そう願いながら歩いた。すぐに着いた。門の前に立ち、辺りを見回した。

インターフォンがあるのはわかっていたが、押すつもりはなかった。少しだけ待とう。何も起こらなければそのまま帰ろう。

かすかな音がした。おれは顔を上げた。

家の扉が開き、女がゆっくりと小道を歩いて来るのが見えた。おれはワイシャツの一番上のボタンを締めて待った。

「おはようございます」

純菜が言った。おはようございます、とおれもうなずいた。

先に立った純菜が何も言わないまま玄関まで歩を進める。ついていくと、どうぞ、と

扉を開いた。何度目になるのか、おれは家の中に入っていった。

「早いですね」

純菜がリビングへ案内してくれた。九時半だった。人の家を訪問するには、確かに早すぎる時間だ。

おかけください、とソファを指す。言われた通り、腰を下ろした。

「まだ朝食の後片付けもしてないんです」

照れたように笑った。白いノースリーブのシャツ、膝まである茶色のスカート、薄いブルーのサマーカーディガン。きちんと化粧もしている。テーブルにあった皿などをキッチンの流しに運んでいった。

「少し待ってもらえますか。今、お茶の用意をしますから」

純菜がポットにミネラルウォーターを注いで、湯を沸かし始めた。邪魔をしないように静かに座っていると、紅茶を入れたカップを運んできておれの前に置いた。ミルクと砂糖もついている。

「どうぞ」

おれは紅茶をひと口飲んだ。

「ご主人は、お仕事ですか？」

ええ、と純菜がうなずいた。少し前に家を出たという。しばらく沈黙が続いた。

「……夏川さんから電話がありました」思い出したように純菜が口を開いた。「……栗原さんが見つかったそうですね」

「見つかりました」

「自殺……したと聞きました」

おれは何も言わなかった。川庄さんは、と純菜が視線を向けた。

「栗原さんのことを捜していましたね。あの人が何かを知っているはずだとおっしゃっていた。栗原さんはやはり裕美の事件と関係があったのでしょうか」

「あったと思っています」

「栗原さんが……裕美をさらっていった？」

純菜の細い肩が小さく震えていた。いえ、とおれは短く答えた。

「違うんですか？　では、栗原さんはどんな関係があって……」

「栗原がお嬢さんをさらっていったのではないと考えています。彼は何も知らなかった。彼が事情を知った時には、もう手遅れだった。やむを得ず犯人に協力した。その後も犯人をかばい、沈黙を守った。誰にも何も言わなかった」

「……どういうことでしょうか」

純菜に目をやった。何も知らない少女のような無防備な表情を浮かべている。

「あなたは栗原との関係を話してくれた。栗原は新入社員だったあなたに好意を抱いた

が、あなたはそれを拒絶した。栗原は諦めきれずに、ストーカーになった。しばらくの間それは続いたが、結局連絡を取ってくることはなくなった。この何年かは思い出すこともなくなったとあなたはおっしゃった」

「その通りです」

「それは嘘です」おれは言った。「あなたは栗原と親密な関係があった。単なる会社の先輩後輩じゃない。男女の関係があった。しかも、それはあなたが結婚してからもずっと続いていた。なぜ嘘をついたのか、話してもらえませんか?」

純菜が正面からおれを見た。微笑が浮かぶ。目を逸らしたのはおれの方だった。

「何をおっしゃっているのかわかりません」純菜が言った。「栗原さんとわたしは何の関係もありません。栗原さんはわたしに好意を寄せていました。それは事実です。でも、わたしにそのつもりはありませんでした。誘われましたが、お断りしました。その後栗原さんがわたしにつきまとうようになったのは、わたしの責任ではありません。栗原さんの問題です」

「残念ですがその話は嘘です。あなたは栗原と交際していた。それはわかっています」

「違います。そんなことはありません」

純菜の顔から笑みが消えた。それでは質問を変えましょうとおれは言ったが、首を横に振った。

「川庄さん、もうすべてが終わりました。これ以上娘のことを聞かれたくはありません。あなたに感謝はしていますが、もう話すことはありません。帰っていただけますか」

ソファから立ち上がった。おれは座ったまま純菜を見上げた。白い頬が怒りのためかうっすらと赤みを帯びていた。

「一年前のあの日、お嬢さんは行方不明になどなってはいなかった」そのままの姿勢でおれは言った。「お嬢さんはこの家から百メートルほど離れた場所で友達と別れた。その後、まっすぐ家に帰った。いつも通り家に帰っていたんです。事件などなかった。単なる普通の一日だった。あなたが娘さんを殺しさえしなければ」

「わたしが……裕美を殺した？」

「殺した後、あなたは死体を隠した。おそらくどこかに埋めたのでしょう。遠くではない。すぐ近くだ」

おれは窓越しに広い庭を見つめた。視線を戻すと、純菜は何も言わず、小さく首を振り続けている。

「あなたはあの日、勤めていたブティックから帰宅した」おれは再び話し始めた。「既にお嬢さんは帰っていた。あなたがお嬢さんを殺害すると決めたのがいつだったかはわからない。何カ月も前から考えていたのか、その日衝動的に殺意を抱いたのか、それは

あなたに聞くしかない。だが、いずれにせよあなたはあの日お嬢さんを殺した。この家の中で」

「……裕美はわたしの娘です」純菜が静かにソファに座り直した。「わたしはあの子を愛していました。何と言われてもそれは本当です。わたしたちは幸せに暮らしていた。どうして娘を殺さなければならないんですか？　そんな馬鹿なことをおっしゃるなんて、川庄さんはどうかしています」

「あなたがお嬢さんを愛していたのはその通りでしょう。だが、それでも殺した。殺さなければならない理由があった。それが何なのかはあなたしか知らない。話してもらえませんか」

「……怒るべきなんでしょうけど、馬鹿馬鹿しくてそんな気にもなれません」純菜が冷たく笑った。「あなたは自分が何を言っているのかわかっていません。でたらめもいいところです。出ていってください。今なら訴えたり、騒ぎにはしません」

「訴えればいい。警察を呼べばいい」おれは両手を広げた。「だがそんなことをして困るのはあなただ。警察が来ればぼくはすべてを話します。信じてくれるかどうかは別にして、確かめてみようと考える者は必ず出てくる。それでもいいんですか？」

何か言おうとした純菜が口を閉じた。話していてもいいらしい。

「栗原はあの日会社を欠勤していた。この家に来ていたか、もしくは近くにいた。彼はあなたがお嬢さんを殺すことは知らなかった。知っていれば止めたでしょう。あなたはお嬢さんを殺した後、栗原に話した。その後どうするか指示したのはあなただ。栗原は言われた通りに動いて、そのままこの家を去った」

「……妄想です。作り話です」純菜がつぶやいた。「それはあなたの勝手な思い込みで、証拠は何もありません」

おれは紅茶をひと口飲んだ。純菜は何も言わない。嵐が通り過ぎるのを待っている。そんな顔をしていた。

「娘が帰ってこないとあなたは警察に連絡をした。警察は捜索を始めたが、見つからなかった。あなたは事情を聞かれたが、何もわからないと答えた。警察もそれを信じた。あなたはかわいそうな母親で、疑う者など誰もいなかった。そして一年が経った。捜査は行き詰まっていた。あなたの考えた通りになった。もう安全だと思ったでしょう。だが問題がひとつだけ残っていた。あなたはそれもわかっていた」

「問題……？」

「栗原です。奴はすべての真相を知っていた。栗原が黙っている限り問題はないが、何かきっかけがあればすべてを話してしまうかもしれなかった。そして、あなたが危惧していた通りのことが起こった。ぼくという男が現れ、事件について調べ始めた。自分では意図していないことでしたが、ぼくは栗原に接近していた。会社に現れたぼくを見て、混乱した。正体不明の男が事件を嗅《か》ぎ回っていることに動揺した」

純菜の眉がわずかに動いた。今日は蒸し暑いですね、とおれは言った。

「事件直後、警察は栗原のことを特にマークしていたわけではなかった。娘の父親と同じ会社で働いてる男という程度の認識だった。それでなくても社員は百人以上いる。一人一人にじっくり時間をかけて取り調べをすることは物理的にもできなかった。通り一遍の事情聴取を受けただけで、怪しまれることはなかった」

栗原も警察の事情聴取があることや、興信所の人間が探りを入れることは想定していた。それなりに対応策はあっただろう。

何を聞かれても知らぬ存ぜぬで通し、無関係だと話す。冷静に対応し、決して不審な態度を取らない。

疑われていたわけではない。不審に思われるような言動をすれば別だが、警察も栗原だけをことさら厳しく取り調べることはなかっただろう。

「そうして事情聴取は終わった。疑う者はいなかった。栗原は安心したでしょうが、それでも内心は不安で一杯だった。一年が経ち、その間警察に調べられるようなことはなかった。もう何も起きないとほっとしていたところに、事件について調べている男が現れた。どういう立場なのかもわからない男だ。なぜ今になってそんな男が出てきたのかと栗原は怖くなった」

これが警察の人間だったら栗原もそれほど怯えずに済んだかもしれない。また型通りの捜査が始まったぐらいに考えて、それなりに対処することもできただろう。だが、出てきたのは訳のわからない男だった。刑事ではないが、探偵とも思えない。堅気に見えるが、そんな人間が事件について調べたりするだろうか。

相手の正体がわからないため、恐怖は膨れ上がった。不安ばかりが募ったが、誰なのか直接聞くわけにもいかない。何をしに会社まで来たのかもわからない。だから過剰に反応した。

「栗原はしなくてもいいことをした。ぼくの電話番号を調べ、様子を探ろうと電話をかけてきた。それは奴の失敗だった。ぼくは動き始めたばかりで、会社に行ってご主人と会ったのは、最初の一歩のつもりだった。だが電話はかかってきた。会社の関係者しかあり得ない。ぼくはもう一度会社に行き、電話をかけてきた人間の条件にあてはまる社員を首実検していった。不審な態度を取ったのは栗原だけだった。明らかにおかしかった。目を付けることになったのは当然です」

「栗原さんを怪しいと思ったのはあなたの勘ですよね。はっきりした証拠は何もない。それなのに、あなたは栗原さんのことを調べ始めた。人権侵害で訴えられてもおかしくない行為です」

純菜が責めるような口調で言った。その通りなんですが、とおれは言葉を返した。

「ぼくは警察の人間ではありません。訴えられたりしても失うものはなかった。しょせんコンビニのアルバイトです。地位も名誉も関係ない」

紅茶のお代わりをもらえますか、とカップを前に出した。純菜が黙ってティーポットに手を添えて紅茶を注いだ。

「奴を尾行して家を突き止めた。話を聞こうとして、家を訪れた。栗原も驚いたでしょう。正体不明の男が家まで来たんだ。何があったのかと思った。ぼくを見て、とっさに逃げた」

紅茶にミルクを入れてかき回した。純菜がおれの手の動きをじっと見ている。

「逃げ出した栗原はあなたに連絡を取った。あなたも驚いたでしょう。ぼくが栗原に辿り着くとは思っていなかったはずだ。警察が調べてもわからなかったことに気づかれたと知ったあなたは、放置しておくのは危険だと判断した」

純菜は変わらず無言だった。

「あなたは吉祥寺まで来るようにと指示し、安全な隠れ家として片町の例のアパートの場所を教えた。そんなに都合よくあのアパートに空き室があったことを知っていたとは思えませんから、前から空き室の存在は知っていたのでしょう。栗原を殺すこともはっきりとではなかったかもしれないが考えていたのかもしれません。奴はあなたの指示通り、アパートに来た」

その時点で、栗原には思考力や判断力がなくなっていた。栗原はパニック状態に陥っていた。純菜の言葉に従う以外、何をどうしていいのかわからなくなっていたのだろう。

一年間隠し続けていた真実が暴かれそうになっている。その恐怖は計り知れないものがあったのではないか。

「あなたは栗原に子供をさらってくるよう命じた。同じ地域で同じ手口の誘拐事件が発生すれば、犯人は同一人物と考えられる可能性がある。あなたは今回の誘拐について栗原に、アリバイを証言すると言ったのではありませんか。二件の誘拐事件の犯人が同じ人物であるとして、今回の事件のアリバイが成立すれば、栗原は前の事件とは無関係ということになる。そう言ったのではありませんか？　栗原は判断力がなくなっていて、あなたの指示に従うしかなかった」

「すごい想像力ですね」純菜がつぶやいた。「川庄さんは作家にでもなればよかったのに」

想像でも妄想でも何でもよかった。おれは自分の言っていることが真実だとわかっていた。

「キャリーバッグを用意したのはあなたですね？　栗原はアパートの周りでも姿を確認されていたが、キャリーバッグは持っていなかった。キャリーバッグをあのアパートに持ち込んだのは別の人物で、それはあなたしかいない」

「なぜわたしなんですか」純菜が小さな声で言った。「事件の犯人が栗原さんだったとしましょう。共犯者がいたのかもしれない。その共犯者がキャリーバッグを用意していたのかもしれません。ですが、わたしだと決めつけるのは……」

「栗原は近くの小学校に行き、一人で歩いていた女の子をさらってアパートに戻った」無視して話を続けた。「あなたが待っていた。どう話したのかはわかりませんが、あなたは栗原に一緒に死のうと言った。精神的にいっぱいいっぱいの栗原は、あなたの言葉に従うことを決めた」

「もういいでしょう」純菜がうんざりした顔になった。「あなたの想像力には感心します。よくできたお話です。でもそれだけのことです」

「あなたに死ぬつもりはなかった」もう後戻りはできない。「うまく言いくるめて、栗原が先に首を吊ることになった。すぐ後を追うから、とでも言ったのでしょう。奴は浴室で首を吊った。あなたはそれを見届けてから部屋をチェックし、自分がいた痕跡を消し、廊下に面した窓から外に出た。あなたが一番怖かったのはその時だったと思います。誰かに見られたらすべてが終わる。だが運良く誰にも見つからなかった。あなたは自宅へ帰った。後は誰かが栗原の死体を見つけてくれるのを待つだけだった」

「でたらめです」純菜がはっきりした口調で言い切った。「見ていたようにおっしゃいましたが、すべて思い込みです。わたしはあの日ずっと家にいました。栗原さんと一緒にいたなんてことはありません」

「ぼくはおととい、この家を訪れました。あなたに栗原の話を聞くためです。あなたは巧妙な作り話をした。栗原がストーカーで、あなたにつきまとっていたという話です。栗原にお嬢さんをさらう動機があったこともそれとなくほのめかした。あなたを娘をさらわれた被害者だと思っていたぼくは、その話に見事に騙された。栗原に対する先入観もあった。あなたを疑う気持ちなんて、これっぽっちもなかった」

本当になかった。おれは純菜を同情されるべき母親だと思っていたし、娘を見つけることしか頭になかった。

純菜は完璧だった。すべての人間を完全に欺《あざむ》き通していたのだ。

「また女の子が姿を消したという話を警察から聞いたぼくは栗原を捜し、片町のアパートに行き着いた。奴の死体を発見し、警察に連絡した。状況は明らかで、栗原が女の子をさらったこと、一年前の事件の犯人が栗原であることを誰もが信じた。それですべてが終わるはずだったが、あなたは栗原が犯人であることを確実にしようとした」

純菜が大きく息を吐いた。

「ぼくと警察が栗原と行方不明になった女の子を捜している間に、あなたは明大前の栗原のマンションに行った。自分と娘、そして夫の写真を持っていき、それを栗原の使っていた整理棚の裏に隠した。それが発見されれば、栗原とあなたたちの関係が明確になる。栗原がずっとあなたたち一家をストーキングしていた証拠になる。確かにその通りでした。警察は栗原の部屋を家宅捜索し、隠されていた写真を見つけた。栗原がお嬢さんを狙っていたことは間違いないと考えた。だが、あなたはやり過ぎた。そんなことをするべきではなかった」

「……なぜです？」

純菜がささやいた。子供のような声だった。

「その前々日、ぼくは栗原の部屋に入っています。ぼくは認知症の気があると思えるほど記憶力に問題がある男ですが、見たものを覚えていないほど呆けてはいない。整理棚は見ていた。夏川刑事がパソコンを調べている間に、持ち上げて裏まで確認していた。そこにそんな写真がないことを知っていた。なかった写真が突然出てくることはあり得ない。誰かがそこに隠した。栗原を犯人と思わせるためにそんなことをした。そして、それができる人間はあなた以外いない」

純菜がゆっくりとまぶたを閉じた。その表情は美しかった。

「夏川刑事が写真を見せてくれました。写真はこの家で撮影されたもので、写っている人物の表情や目線から撮っている人間のことを認識していることはすぐわかった。隠し撮りではありません。栗原が撮ったものではない。撮ったのは誰か。家族です。家族の写真を持っているのはあなたかご主人しかいない」

「そうとは限りません。写真はお友達と一緒に撮ったりもします。それを栗原さんが入手していたのかも……」

「この家で撮影されたものですよ。プライベートな写真です。寝室やプールでの写真もあった。家族にしか撮れないものです」

娘について特に言えることだが、その表情は朗らかで喜びに溢れていた。写真を撮っている者に心を許しているのは明らかで、家族以外には引き出せない素顔がそこにあった。

「ではご主人が栗原の部屋に写真を持ち込み、隠したのか。だがご主人には確実なアリバイがあった。お嬢さんが姿を消した時、ご主人は会社にいた。多くの同僚が目撃しているし、あなた自身も会社にいるご主人に電話をかけたと言っている。証明するまでもありません。そうなると残されたのはあなたしかいない。あなたには厳密な意味でのアリバイはない。あの日帰宅した時、娘はいなかったというのはあなたの証言です。第三者がそれを証明することはできない」

警察もマスコミも事件後純菜に事情を聞いた。彼らは彼女の言葉を信じた。

家族は幸せに暮らしており、疑う理由はなかったからだ。純菜は同情されるべき母親で、それ以外ではなかった。

だが、実際はどうか。同情や思い入れを退けて考えてみると、純菜の言動に不審な点はなかっただろうか。

「そうやって考えると、あなたの話や行動は事実かどうかはっきりしなくなった。あなたは栗原と何年も会っていないと言った。だがあなたは栗原の自宅マンションを知っていた。部屋に入ったこともあった。整理棚に写真を隠す場所があることもわかっていた。会っていないというのは嘘だ。それどころか頻繁に会っていたと考えられる。根拠もあります。あなたは栗原の部屋の鍵を持っていた。男女の関係がない限り、まずあり得ないことです。あなたは栗原と交際していたが、それを隠していた。では他の話はどうか。あなたが語ったことは本当なのか。疑問を持つのはぼくだけではないでしょう」

娘が行方不明になったと言っているのは純菜だけだ。娘が家から少し離れた場所にいたことまでは確認されているが、さらわれたところは誰も見ていない。

付近に変質者や不審者がいなかったことは警察の調べでわかっている。娘は何者かにさらわれたと推定されていたが、純菜の話を除けば誘拐を証拠づけるものは何もないのだ。

そもそも、誘拐はあったのか。そこから考える必要があった。

「あの日、誘拐がなかったとしたらどうか。お嬢さんは何事もなくこの家に帰ってきていた。いつもと同じだった。付近の住民は何も気づかなかったというが、それは当然で、何も起きていないのに異常に気づくわけがありません。最後にお嬢さんを見たのはあなただ。その後は誰も見ていない。お嬢さんは行方がわからなくなった。一年経っても発見されていない。死んでいる可能性は限りなく高い。なぜ死んだのか。殺されたからです。そして、殺したのはあなただ」

おれは話を終えた。純菜が戸棚から青い陶器を取り出し、テーブルに置く。灰皿です、と言った。

「煙草を吸いたいかなと思いました」

純菜が微笑んだ。その通りだった。おれはポケットから煙草を取り出し、一本口にくわえた。

「今のところ、あなたが犯人だと知っているのはぼくだけです。だが、いずれ誰かが気づく。警察は馬鹿じゃない。栗原は昨日、あなたと連絡を取った。携帯の通話記録を調べれば、誰に連絡をしていたかはすぐにわかる。数年前までさかのぼり、記録は調べられるでしょう。あなたは栗原と電話もしくはメールで常に連絡を取っていた。それもわかるはずです。あなたが嘘をついていたことは明らかになる。なぜ嘘をつく必要があったのかと考える人間が出てくるでしょう。時間の問題で、あなたは逮捕される。だが、今なら自首という道がある。自首すれば、減刑されるかもしれない。ぼくが今日来たのは、あなたに自首を勧めるためです」

「……優しいんですね」

純菜がまた微笑んだ。おれは煙草に火をつけた。

「来た理由はもうひとつあります。わからないことがあります。なぜ娘さんを殺したんですか？」

「裕美は……」純菜が言いかけて、一瞬言葉を切った。「……主人との間にできた子ではありません。栗原の子です」

おれはひと口吸ったばかりの煙草を灰皿に押し当てて消した。純菜がうつむいた。

2

「川庄さんのお父様はどんなお仕事をされてたんですか？」

純菜が顔を上げた。製薬会社に勤めていました、とおれは答えた。

「営業マンでした。仕事第一で、家庭のことは顧みない人でした。遊んでもらった記憶はほとんどありません」

いわゆるいい父親ではなかった。息子であるおれのことは母親に任せっきりで、自分は仕事ばかりしていた。

あまりいい関係を築いていたとは言えなかったが、最近はそれも理解できるようになった。妻子を養い、人並みの暮らしをさせるためには、仕事を優先せざるを得なかった。そういう時代だったのだ。

「わたしの父は相場師でした」純菜の声がした。「株の売買で金を儲け、それで暮らしていく人です。まともな人間を装っていましたが、本当は背広を着た博奕打ちです。普通の暮らしはできない人でした」

「……そうですか」

「羽振りのいい時もあったのでしょう。保育園に通っていた時、わたしは運転手付きの車で送り迎えされていました。家も大きかったことをうっすらとですが覚えています。でも長くは続かなかった。わたしが十歳の時、父は株の仕手戦で大敗して、普通では考えられない借金を背負い破産しました。父は家を出て、姿を消しました。母とわたしのことは見捨てたんです。それ以来会っていません。数カ月後、母は病死しました。胃ガンでした。苦労続きで、報われない人でした。わたしは親戚をたらい回しにされ、最終的に母の妹夫婦に引き取られました」

純菜が小さく息を吐き、おれの方を見て笑った。何とも言いようのない笑いだった。

「叔母の夫、わたしにとっては義理の叔父ということになりますが、彼は小学校の先生でした。わたしのために部屋を用意し、学校にも行かせてくれた。それまで、親戚はわたしを厄介者扱いしていました。多額の借金を作った揚げ句消えた父親や病気で死んだ母親のことを考えれば、それは当然のことだったかもしれませんが、子供には関係ない話です。露骨に邪魔者として扱われれば傷つきます。だから叔父がしてくれたことには感謝の念しかありませんでした。子供心に何ていい人なんだろうと思いました。でも……それは間違いだった」

「どういう意味ですか」

「叔父は……聖職者のふりをしていましたが、子供に対して異常な欲望を抱いていました。わたしが叔父の家で暮らすようになってからしばらくして、叔父はわたしの部屋を毎晩訪れるように……わたしはまだ十歳で、生理も来ていなかった。そんな子供を叔父は……」

純菜が頭を何度か振った。長い髪の毛が揺れた。

「叔父はもともとそういう性癖を持つ人間だったのでしょう。小学校の先生になったのも、そのためだったと思います。ですが、先生が教え子に悪戯や猥褻行為をすれば、どんなことになるかはわかっていたのでずっと自制していたのでしょう。そこにわたしという格好の獲物が現れた。ひとつ屋根の下で暮らし、そこで何をしてもばれる心配はなかった。叔父の欲望はわたしに向かい……」

「もういいでしょう」おれは片手を上げて話を制した。「十分です。聞きたい話ではありません」

「子供というのは弱いものです」今度は純菜がおれを無視して話を続けた。「大人がいなければ生きていけません。保護者が何をしても逆らうことはできない。我慢するしかないんです。叔父は毎晩やってきて、笑いながらわたしを犯す。欲望に限りはありませんでした。最悪だったのは叔母もそれを知っていたことです。叔母は気の弱い人で、叔父に対して何も言うことができなかった。叔父が毎晩わたしの部屋に行くのを知っていて止めなかった。わたしは誰にも助けを求めることができなかった。生きていくためにはただ耐えるしかなかった。五年間、それが続きました」

おれは何も言えなかった。純菜は作り話をしているのではない。同情を引こうとしてそんなことを言っているのではなかった。

今言わなければもう二度と話すことはない。だからすべてを話そうとしているのだ。

「中学二年生の時、妊娠しました。叔父の子供です。わたしは知識もなく、相談できる相手もなく、ただ怯えていました。どうしていいかわかりませんでした。でも、わたしの体は母親になるには未成熟だったのでしょう。結局流産しました。妊娠してからどれぐらい経っていたかわかりませんが、お腹が痛くなって学校のトイレで何時間も過ごしていたら、大量の出血がありました。小さな固まりもあったように思います。どれだけショックな出来事だったか、わかってもらえるとは思いません。すべてに絶望しました。そして、あの家を出なければならないと思いました。一年後、中学卒業と同時に逃げ出しました」

純菜が話を止めて、お茶はいかがですか、と言った。落ち着いた声だった。

結構です、とおれは断った。純菜が自分のカップに紅茶を注いで、ひと口飲んだ。

「十五歳の少女が一人で暮らしていくのは無理な話です。無理を通すためには無茶をしなければならなかった。中学の時の先輩にいわゆる不良少女がいました。その人の紹介で、風俗店に飛び込み、雇ってほしいと頼みました。客に性的なサービスをする店です。後でわかったのですが、非合法の店でした。わたしが未成年であることに、店の経営者は気がついていたでしょう。でも、そういう女の子を好む客のニーズがあることも確かです。経営者はわたしを雇いました。住む部屋も用意してくれた。わたしは高校に行きながら夜はその店で働きました。働いている女性はたくさんいましたが、わたしほど若い子はいなかった。すぐに店のナンバーワンになりました。若い、いえ幼い女の子を好む男がそれだけ多くいたということです。その頃には、わたしは何も感じなくなっていました。すべてをお金に換算するようになっていた。何時間働いたからいくらになる。それだけを考えていました」

「あなたは大学へ進学している。入学金や学費はそうやって作ったわけですか？」

「大学へ行って、まともな会社に入る。普通の暮らしを送るためにはそうするしかないとわかっていました。大学へ行くのは絶対でした。十七歳の時、店は辞めました。わたしは店の常連客と直接交渉し、店とは別の場所で会うようにした。複数の男と契約し、愛人になりました。その方がお金になるとわかったからです。拘束時間は短く、中間搾取されることもない。わたしは自分で部屋を借り、大学を受験し、一人で生きていく道を選びました」

「よくそんなことができましたね。高校は……学校からは何も言われなかったんですか？」

わたしは優等生でしたから、と純菜があっさりと言った。

「愛人という仕事は意外と暇なものです。余った時間は勉強に充てました。成績は悪くなかった。むしろ良かった方でしょう。友達はいませんでしたから、遊びに誘われることもありません。学校としては扱いやすい、いい生徒だったでしょう。現役で大学に合格し、通うことになりました。仕事は続けていましたが、もちろんそんな暮らしも長く続けるつもりはなく、大学を卒業して就職することしか頭にはありませんでした。わたしは普通の暮らしがしたかった。願っていたのはそれだけです」

「あなたはグローバルトレーディング社に就職した。思いどおりになったわけですね」

「グローバルトレーディング社は優良企業として学生の間で有名でした。株関係の会社を選んだのは、意識はしていませんでしたが、父のことが頭のどこかにあったのかもしれません。わたしは入社と同時にそれまで関係のあった男たちを切り捨て、過去を封印して生きることを自分自身に強く言い聞かせました。わたしがどうやって生きてきたかを知る者はいませんから、願い通り普通の会社員になることができた。そこで今の主人と会いました」

「ご主人のことは知っていた？」

「いいえ、知りませんでした。入社して、配属された部署が経理部でした。主人の担当になったのは偶然です。会社に入ってから、天才的なトレーダーだということを聞かされました。調べるまでもなく、主人が会社に対してどれだけ貢献してきたかはすぐわかりました。株の運用に関しては業界というより日本でも有数の人物の一人でしょう。売り上げがどれぐらいあるか、収入がどれだけなのかも教えられました。信じられない額です。……わたしは、主人に近づきました」

純菜が他人事のように言った。冷たい声だった。

「それまで、わたしはずっと怯えながら生きてきました。十五歳で風俗店で働き始めましたが、違法なのはわかっていました。警察に逮捕されるかもしれないという恐怖に怯えながら仕事をしていて、毎日怖かった」

今でも警察は苦手です、と言った。得意な人はいませんよ、とおれはうなずいた。意味が違うのはわかっていたが、どう答えていいのかわからなかった。

「病気の心配もありました。店はハードな接客を要求しましたし、客もそうです。どんな客かはわかりません。性病をうつされたらと思うと、不安で一杯でした」

どれだけ気をつけていたか話しましょうか、と純菜が言った。あまり聞きたくない、とおれは答えた。純菜が哀れむように笑った。

「客の暴力も怖かった。客はわたしに信じられないような要求をしてきました。彼らは、金を払えば何をしてもいいと考えていました。要求はどんどんエスカレートしていき、中には女に暴力をふるわないと興奮しない男もいました。プレイのうちはまだいいですけど、いつ限度を越えてくるかわかりません。店に働いている女を守ろうという発想はなく、すべては客次第です。自分の身は自分で守るしかありませんでした」

おれは暴力とは無縁の人生を送ってきた。女を殴ったことは一度もない。

だが、そういう男がいることは知っている。そんなふうにしか自分の欲望を発散できない男は確かにいるのだ。

「店を辞めて、愛人になるというやり方を取るようになってからも、それは同じでした。病気の心配は変わらずありましたし、何よりも自分のしていることが誰かに知られることが怖かった。わたしがしていたのは、つまりは売春です。そんなことが知られたら、将来はありません。ただ道を歩くというそれだけのことが怖かった。もし昔の客や愛人だった男とばったり会ったらどうなるか……」

すべてが怖かった、とつぶやいた。おれは小さく首を振った。何も言うことができなかった。薄く笑った純菜が口を開いた。

「恐怖と不安はわたしの体に染み付いていました。拭い去ることはできません。主人に近づいたのはそのためです。主人にはわたしの望みをかなえてくれる力があった。大きな家に住み、ひっそりと暮らす。誰にも会わず、静かに日々を送る。そんな暮らしを可能にしてくれるのは主人しかいないと思いました。主人は女性のことはうとく、わたしに興味を持つように仕向けるのは簡単なことでした。わたしに交際を申し込むまで、数カ月かからなかったほどです」

「あなたは夢を語るふりをして、ご主人に大きな一軒家に住みたいと言った。静かな場所で、二人だけで暮らしたいと言った。ご主人はその願いをかなえてくれると約束した」

「そうです」

「だがあなたは平行して栗原とも交際を始めている。あなたが望んでいた穏やかな暮らしを送るためには、栗原の存在は不必要だったのではありませんか」

純菜の過去はわかった。生き方もわかった。望んでいたのが安らかな日々だったことはその通りなのだろう。

それなのに純菜は栗原とも交際している。おれにとってはそれがわからなかった。

「栗原は……とても変わった人でした」純菜がゆっくり話し出した。「わたしは会社に入るまで、いわゆる普通に働いた経験はありませんでした。世間知らずで、電話の受け方さえ知りませんでした。栗原はそんなわたしに、いろいろと教えてくれました。もちろん、先輩としてということだろうと思いますが、それだけではないこともわかっていました。男はみんな一緒です。いずれは見返りを求めてくる。だから栗原も同じだと思いました」

「男はみんな馬鹿ですからね」おれは小さく笑った。「下心のない男はいません」

「自分では死ぬほど嫌で、認めたくないことですが、わたしには男の人を魅きつける何かがあるようです」純菜がため息をつきながら言った。「それは性的なものなのでしょう。生まれつきのもので、自分ではどうすることもできません。高校の時も、大学に通っていた時も、近づいてくる男は後を絶ちませんでした。彼らは最初のうちは一方的にわたしに尽くします。紳士的な態度で、優しく接してきます。ですが、どこかで必ず変わりました。こんなに優しくしたんだから、こんなに金を使ったんだからいいだろうと。そう言わなかった男は一人もいませんでした。だから、そういうふうにしか男性を見ることはできませんでした」

「ひと言もない」おれは頭を下げた。「男はどうしようもない生き物だ。認めざるを得ません」

「でも、栗原は違いました」純菜の顔に血の気が戻った。「わたしに親切にしても、見返りは求めなかった。そんなつもりがないのはすぐわかりました。正直に言えば、わたしは栗原を同性愛者なのだと思っていたぐらいです。栗原はわたしを一人の人間として尊重し、性的な対象とは考えていなかった。わたしはそんな人と出会ったことはなかった」

純菜の声が大きくなっていた。栗原のことを語るその表情は生き生きとしていた。

「栗原は何も求めてきませんでした。そんな栗原にわたしは魅かれていきました。男性にそんな感情を抱いたのは生まれて初めてのことです。わたしは男性経験こそ豊富でしたが、その意味では純真でした。栗原を誘い、食事に行き、休日を一緒に過ごしました。栗原といると、恐怖や不安を忘れることができました。栗原なしでは生きていけないと思いました」

「わからない」おれは片手を上げた。「栗原といると恐怖心がなくなったとあなたは言う。だが結局、あなたはご主人との結婚を選んだ。どういうことでしょう」

「わたしは最低の娼婦でもしないような生き方をしてきました」純菜がいやいやをするように首を振った。「就職して、それまでの暮らしをすべて捨てました。住んでいた部屋を引っ越し、電話番号を変え、過去の男たちと連絡を取れないようにしました。でも、安心することはできなかった。もしかしたら、昔の客と出くわしてしまうかもしれない。そのリスクを避けるためには、誰にも会わずひっそりと生きていくしかないと思いました。その願いをかなえることができるのは主人だけです。栗原には無理でした。主人を選ばざるを得なかった。もう二度とあんな暮らしには戻りたくなかったんです」

「だがあなたは栗原と別れることはしなかった。栗原はあなたがご主人を選んだことについて、どう思ったんでしょうね」

「わたしは主人との結婚を決めたすぐ後、栗原にすべて話しました。別れることになるのは覚悟していました。でも、栗原は別れたくないと言いました。主人との結婚を選んだのはそれはそれで構わないから、今の関係を続けたいと言ったんです。変な言い方ですが、栗原はわたしの愛人になると決めたのです。彼は交際を続けていくうちに、どうにもならないほどの愛情をわたしに対して抱くようになっていました。わたしも彼のことを愛していて、別れたくありませんでした」

「正直な感想を言えば、いかがなものかと思いますね」おれは首を傾げた。「あなたはどちらかの男を選ぶべきだった。一人に絞らなければならなかった。結婚と恋愛の二股というのは始末が悪い。罪悪感はなかったんですか?」

「主人は気づかないだろうと思いました。主人は女が不貞を働くことなど夢にも思わない人です。わたしが別の恋人とつきあうことなど、主人にとってはありえない話でした。わたしは栗原の申し出を受け入れました。都合のいい話だとはわかっていましたが、関係を続けたかったんです」

「あなたは結婚した。あなたが願っていた通りの暮らしが始まった。あなたはこの家で妻としてご主人と静かな生活を送った。さまざまな恐怖や不安から解放され、忌まわしい記憶は過去のものとなり、幸せな日々が過ぎていった」

「平和な生活を手に入れたことは事実です。結婚して会社を辞め、この家に籠もるように暮らしました。どうしても必要な場合を除き、外出もせず、世間との接触を絶ちました。もう怯えることはないと感じました。願っていた通りになったんです。わたしは家事に専念しました。主人にとってはその方がよかったのでしょう、満足しているようでした。一方で、栗原とは定期的に会っていました。そんな生活を続けていたんです」

「なるほど」

「ただ、社会と無関係に生きていくのは無理だということもわかりました」純菜が小さく笑った。「東京に住んでいるんです。買い物をしたり、銀行へ行ったり、外へ出なければならないことはたくさんあります。他人と会話しなければ生活できないのは当然のことで、どうしようもありませんでした。しばらくは外へ出るのが怖いとも思いましたが、慣れるに従って不安は消えていきました。誰もがわたしのことを普通の主婦だと思っている。怯える必要はないとわかりました。それと同時に、社会との接点を求める気持ちが自分の中に芽生え始めました。一人で生きていけるほど強い人間ではなかったんです。ブティックに勤めたりしたのも、それがあったのでしょう。お金のためではありません。他人と触れ合い、話したりしたかったんです。大丈夫だと思いました。誰もわたしの過去には気づかない。その通りでした。ようやくわたしは普通の女として生きていくことができるようになりました」

「すべてに満たされていたはずだった。だが違った。致命的な問題が起きていた……」

そうです、と純菜がうなずいた。顔が青ざめていた。

「妊娠したんです。裕美が生まれました。主人の喜びようは尋常ではありませんでした。もともと子供好きな人です。自分の子供も欲しかったでしょう。でも、諦めかけていた。そこに裕美が生まれたんです。どんなに喜んだかは想像にお任せします」

唇を嚙みしめた純菜が目をつぶった。しばらくそのままでいたが、振り絞るようにして話を続けた。

「数年が経ちました。裕美は順調に育ち、何も問題はないように見えた。でも、わたしはある日気づいた。裕美は明らかに栗原の子だとわかったんです。目や鼻、口元や耳、髪の毛、すべてがそっくりでした。調べるまでもありません。栗原の子供でした」

「しかし、絶対ではないでしょう」おれは首を傾げた。「思い込みかもしれない。子供の顔は日々変わるものです。おれにも息子がいるからわかりますが、顔や見かけだけで決めつけることはできない」

「わたしは母親です。子供の父親が誰なのかはわかるつもりです」

「確かめたんですか?」

「わたしの血液型はO型で、主人はA型です。裕美はB型で、栗原も……B型でした。間違いなく父親は栗原で、主人ではありません。裕美が三歳の時でした」

「……そうですか」

「わたしは毎日が不安で気が変になりそうでした。今は主人は何も疑っていませんが、裕美が成長していけば父親に似ていないことに気づく日もくるでしょう。そういうことにはうとい人ですが、別の男の存在に感づくかもしれません。おかしいと思えば躊躇せず調べるでしょう。血液型の矛盾に気づくかもしれないし、DNA鑑定までするでしょう。いつかそんな日がくるのは確実でした」

純菜の声が震えていた。それはそうだろう。他の男の子供を妻が産んだとしたら、夫の立場はない。夫が何をするかはわからなかった。

「裕美さえいなければ、と考えるようになったのはあの子が四歳の誕生日のことです。裕美はどんどん栗原に似てきていました。主人が本当のことを知ったらどうなるか。ようやく手に入れた平和な暮らしが、娘のせいでわたしの手から離れていってしまう。わたしは怖かった」

純菜が口をつぐんだ。涙がひと筋こぼれた。

「拭っても拭っても恐怖心は消えません。二年耐えました。裕美はますます栗原にそっくりになっていました。知っているわたしの目から見ると瓜二つでした。ある晩、眠っていた裕美を見ていた主人が、この子は私に似ていないなあ、と小さく笑いながらつぶやきました。何の気無しに言ったのだと思いますが、その言葉がわたしを決心させました。この子を殺すしかない。そうしなければすべてが終わると思いました。よく考えてみると、そんなふうに思うわたしは、その時点で終わっていたのかもしれませんね」

純菜が笑った。すべてを諦めた人間の笑いだった。

「あなたが精神的に追い詰められていたのはわかります。それでもあなたはそんなことをするべきではなかった。もっと違う解決方法があったはずです」

「そんなことは何度も考えました。理屈ではわかっていました。わたしは主人にすべてを話すべきでした。許してはくれなかったでしょうが、きっとわたしにも娘にもいい解決方法を考えてくれたはずです。でも、その時のわたしに他の選択肢はなかった。わたしは怖かった。もう我慢することはできなかった。限界でした。裕美はわたしの娘です。愛していました。でもどうしようもなかった。そうするしかなかったんです」

おれは何も言わなかった。純菜の心を想像することはできない。どれだけ怖かったかは、本人でなければわからないだろう。

「殺そうと思ったのはその時が初めてではありません」再び純菜が話を始めた。「主人がそんなことを言う何カ月も前から、毎日のように考えていました。何カ月も、実の娘を殺すことを考えていたんです。わたしは壊れていました。そしてあの日が来ました」

あの日、と純菜が繰り返した。一年前のことを思い出しているのがわかった。

「わたしは栗原を家の近くに呼んでいました。そんなことをしたのは初めてでしたが、何か予感があったのかもしれません。三時半頃、わたしが帰宅すると、川庄さんの言った通り、裕美は既に帰っていました。わたしを出迎えて、抱きついてきました。本当に愛らしい姿でした。殺すことなどできるわけがありません」

　当然です、とおれはうなずいた。わが子を殺すことなどあり得ない。

「主人なら気づかないかもしれないと思いました。わたしのしたことは、主人の常識ではあり得ないことです。想像すらできないことを疑う者はいません。大丈夫だ、と裕美を抱きしめながら自分に言い聞かせました。今まで通り静かに暮らしていこう。黙っていればわかるはずがない。恐怖も不安もなく生きていけると」

「そうかもしれない」おれはうなずいた。「知らなくていいことは世の中にたくさんある。気づかないまま幸せに暮らしていけるなら、それでいいでしょう」

「ママ眠い、と裕美が言いました。部屋に連れていき、ベッドに寝かしつけました。裕美の様子を見ながら、自分が何を考えていたのかと恐ろしくなりました。こんなに可愛い子を殺そうとしたなんて、わたしはどうかしていた。すべてを忘れようと思いました。部屋を出ようとした時、裕美がはっきりと両目を開いて、わたしを見ました。ここにいてよ。そう言いました。これは栗原の口癖でした。会っていて、帰らなきゃと言うと、栗原はいつもわたしにそう言ってたんです。ここにいてよ」

純菜が両手を握りしめた。拳が激しく震え出していた。

「やっぱり栗原の子なのだと思いました。同時に、主人にわからないはずがないと悟りました。いつか主人は本当のことを知る。その時何をするか、何が起きるだろうか。目の前が真っ暗になり……気がつくと、裕美は死んでいました。わたしは裕美の首を絞め、殺していたのです」

この手で、と純菜が微笑みながら両手を差し出した。おれはそっとその手を握り、膝の上に戻した。

「……それからどうしました？」

「何が起きたのか自分でもわかりませんでした。取り返しのつかないことをしてしまったと後悔しましたが、後の祭りです。わたしは裕美のことを諦めて、どうするべきかを考えました。酷《ひど》い母親です。娘のことより自分の身の安全を考えて、死体をどう処理するか考えたのです。言い訳の言葉もありません」

純菜がまた笑った。もう笑わないでくれ、と思った。見ていられなかった。

「裕美を殺すことを頭の中で何度も考えていたのはお話しした通りです。殺した後どうするかも決めていました。栗原に電話をして、来てほしいと頼みました。栗原はすぐ来ました。裕美の死体を見せ、隠さなければならないと言いました。栗原はただ驚いていました。何をしたんだ、と声を震わせながら聞きました。主人と結婚したのは間違いだった、とわたしは話しました。栗原と一緒に暮らしたい。娘がいる限りそれはできない。あなたのために殺したのだと言いました。そういう気持ちがあったのは本当です。嘘ばかりではなかった。嘘だけでは栗原を納得させることはできなかったでしょう」

「栗原は納得したんですか」

「迷っていましたが、結局わたしの言葉に従いました。庭の一画を掘り返して、そこに裕美を埋めたんです。庭は外からは見えません。何をしているかわかるはずはありませんでした。スコップなどはかなり前に用意していました。栗原は黙って穴を掘りました。汗が激しく流れていました」

「栗原は、裕美ちゃんが自分の子だと知っていた？」

いいえ、と純菜が首を振った。

「知りませんでした。知っていれば手は貸さなかったでしょう。栗原は裕美を主人の子だと思っていました。わたしは人殺しになりましたが、栗原はそれでもわたしを許して守ろうとした。裕美を埋め、栗原がこの家を離れた後、時間を見計らって主人に電話しました。帰ってこない裕美のことを心配した主人が夜になって警察に通報しました。捜索が始まりました。刑事さんから事情を聞かれ、何があったか話すよう言われましたが、何もわからないと言い続けました」

「警察はそれを信じたわけですね」

「わたしたちは幸せな家族でした。本当のことです。わたしは裕美を愛していました。嘘ではありません。裕美について、わたしは本当のことしか言わなかった。わたしの話を誰もが信じました」

娘が消えた母親を疑うのは難しいだろう。警察の怠慢を責める者もいるかもしれないが、それは酷だった。

純菜を見て、疑念を持つ者はいない。娘を殺す母親には絶対に見えなかった。

「その後もわたしは主人と共に裕美を捜し続けました。何でもしましたし、どんなところでも行きました。時間が過ぎていき、事件は多くの人にとって過去のものとなりました。一年が経ち、もう大丈夫だと思いました。ずっと緊張し続けていたので、気がゆるんだのかもしれません。京子さんとばったり会ったのはそんな時でした。お茶でも飲もうよと誘われ、深く考えずについていきました。どういう結果を呼ぶかは考えなかった」

「何も考えずにしたことが意外な結果を生むのはよくあることです」おれは言った。

「そういうものでしょう」

「京子さんが紹介したい人がいると言い出した時も、大丈夫だと思いました。事件は警察が一年かけて調べても解決できなかったんです。このままわたしのしたことは誰にも気づかれずに終わると思っていました」

「あなたはぼくに会い、事件の話をした。ぼくはあなたに思い入れを持った。力になりたいと思った。娘さんを捜すため、動き始めた」

「川庄さんは、自分には娘さんを捜せないと思うとおっしゃっていましたね」純菜が言った。「警察に見つけられないものが、自分に見つけられるはずがないと。わたしもそう思っていましたが、違う予感もありました。あなたが何かに気づくかもしれないと感じたんです。京子さんに言われるまま、あなたに調査を依頼した形になってしまいましたが、それは危険だと思いました。あの感覚は何というか……直感としか言えません。強いて言えば、あなたの誠実さ、でしょうか。だから、すぐにその夜あなたに会って、捜さないでほしいとお願いしました。あなたははっきりと答えなかった。もう一度念を押す必要があると思い、あなたの家に行きました。アトレで会ったのは偶然ではありません。家からずっと尾けていたんです。事件から手を引いてほしいと言うためでした。あなたが危険な存在になるだろうとわかっていたんです」

おれは肩をすくめた。それは過大評価というものだ。

栗原という男に目をつけたのは、まぐれ当たりだった。純菜にとっては運の悪い偶然だったのだ。

そもそも、誠実って何だ。今までの人生、そんなふうに言われたことはない。

「その通りになってしまいました。あなたがさっきお話しした栗原のことですが、多分そうなのでしょう。栗原から連絡があったのは、あなたがマンションを訪れた後のことです」純菜が小さく息を吐いた。「栗原はとっさに逃げていましたが、それがどういう結果を呼ぶことになるのかわかっていませんでした。混乱しきっていたんです。判断力もなくなっていました。わたしは吉祥寺まで来るように指示して、その後も連絡を取り続けました。栗原はわたしの指示に従うのがやっとでした。自分では何をどうしたらいいのか、決めることさえできなくなっていたんです。その時です。彼を殺そうと決めたのは」

事件から一年が経っていたことを考えなければならなかった。一年は長い。栗原は毎晩のように考え続けていただろう。愛する女が自分の娘を殺したのだ。死体も見ていたし、埋めたのは自分だった。娘の顔も覚えていたかもしれない。栗原はごく普通の会社員だった。経歴は知らないが、特別変わったことはなかったのではないか。

普通に大学を出て、普通に就職した。平凡といえば平凡な人生だっただろう。だが純菜を知り、すべてが変わった。愛した女は他人の妻になった。その女と関係を続けた。そして女は実の娘を殺し、自分は共犯者になった。

女への愛から、女を守るため、すべてを知ってなお沈黙を貫いた。

栗原は怖かっただろう。殺人に係わりあいを持つことなど考えたこともなかったはずだ。

一年間、ずっと怯えていた。そして限界を迎えていた栗原を追い詰める事態が起こった。おれという人間が現れたのだ。

栗原の緊張は弾け、何も考えることができなくなった。純菜にすべてを託すしかなくなったのも無理はない。

「栗原が何度も言っていたのは、わたしのことでした」純菜が言った。「わたしが警察に捕まることを彼は恐れていました。栗原は死体遺棄の共犯者ですが、わたしは殺人犯です。捕まれば、厳罰が下るのはわかりきったことです。それには耐えられないと栗原は繰り返しました。大丈夫だ、とわたしは言いました。わたしたちが裕美の事件の犯人ではないと思わせる方法があると言ったのです」

「どういうことですか？」

「もう一度子供をさらい、裕美の事件と同じ状況を作る。そうすれば二件の誘拐事件の犯人が同一人物と考えられることは間違いない。わたしが栗原のアリバイを作る。今日はずっと一緒にいたと証言する。今日、子供を誘拐し、その犯人が栗原ではないということになれば、一年前の事件と栗原は関係なかったと間接的に証明することができる。

そう言いました。栗原は迷ったようですが、結局子供をさらうことに同意しました。このあたりはあなたの考えた通りです。キャリーバッグを用意したのもわたしです」

「栗原は女の子を誘拐してアパートに戻った。あなたは栗原を殺すつもりだった。どうやって殺そうと考えていたんですか？」

「栗原が女の子をさらいに行っている間に、状況が変わったと言いました。アパートに出入りするところを住人に見られたと言ったんです。もうどうしようもない。逃げることはできない。わたしたちは裕美の事件の犯人として逮捕される。そう言いました。栗原は錯乱状態に陥り、どうすればいいのかとわたしに判断を仰ぎました。死ぬしかないと答えました。二人で一緒に死のう、それしか道はないと」

「それから？」

「わたしは栗原が先に死んだことを見届けてから自分も死ぬと言いました。栗原はそれを受け入れ、ネクタイで首を吊ろうとしましたが、途中で止めました。自分では死ねないと泣きながら訴えた。怖くなったんです。殺してほしいと懇願されました。わたしは迷わず栗原の背後に回り、ネクタイで首を絞めました。栗原は抵抗しませんでした」

人が死ぬ瞬間というのはわかるものですね、と純菜が薄く笑った。

「栗原の体から力が抜け、そのまま崩れ落ちました。それからが大変でした。栗原の死体を浴室まで引きずっていき、電気の笠に吊るさなければならなかった。栗原の体は信じられないほど重く、持ち上げるのは難しかった。何度も諦めかけましたが、放置して逃げるわけにはいきません。必死になれば思いがけない力が出るものです。どうにか栗原を自殺したように見せかけることができたと思いました」

　そうでもありません、とおれは首を振った。

「栗原が自殺したのではないことに警察は感づいてます。一見自殺死体に見えましたが、細かく調べた結果第三者が関与していることがわかったようです。あなたの腕力で栗原を完全に持ち上げるのは無理だ。警察を甘く見てはいけない」

「そうでしたか……栗原を電灯に吊るすのが精一杯で、証拠を消すことまでは気が回りませんでした。思っていたより手間取り、もう夕暮れが迫っていました。時間はありません。わたしは急いで部屋から逃げ出しました。少し離れたところまで歩いて、タクシーに乗りましたが、乗っている間、体の震えが止まりませんでした。栗原を殺した罪の重さのためなのか、他の理由からなのか、それはわからなかった」

「翌日、あなたは栗原のマンションに行き、写真を隠した。栗原にすべての罪をかぶせようとした。そうですね？」

　純菜がうなずいた。

「何年も通っていた部屋です。鍵も持っていました。あの整理棚はわたしがプレゼントしたものです。整理棚の裏に、持っていったわたしたち家族の写真を隠しました。これが発見されれば、栗原がわたしたちを何年も狙っていたことが明らかになる。裕美をさらったのが栗原だと誰もが考え、二件の女の子をさらった事件の犯人は栗原だと見なされる。これでいいと思いました。それが逆にわたしを真犯人と決定する証拠になるとは思っていませんでした。川庄さんのおっしゃるように、わたしはやり過ぎたんですね」

　話が終わった。おれに疑問はなかった。わからなかった部分もすべて説明されていた。自首するべきです、と言った。

「怖いならぼくが警察まで一緒に行きましょう。夏川刑事に事情を話せばわかってくれる。悪いようにはしないはずだ」

　純菜が首を振って、一人で行きますとつぶやいた。

「わたしは人殺しです。しかも、愛していた娘と恋人を殺した女です。人として最低の、許されないことをしました。それなのにあなたはわたしのためを思って自首を勧めてくれる。なぜですか?」

「あなたは中村有梨という女の子を殺さなかった」おれは立ち上がった。「女の子は栗原にさらわれた時、恐怖のためなのか気を失っていました。それは長く続き、アパートに連れていかれた後も意識を取り戻さなかった。ぼくが見つけた時もそうだった。女の子にはあの部屋で何があったかはわからなかったし、記憶もない。だがそれは結果論で、あの子がすべてを見ていた可能性はあった。あなたがいたことに気づき、証言することも十分にあり得た。あなたには証人となるであろうあの子を殺すという選択肢もあったし、機会もあった。だが殺さなかった。意識していたかどうかはわかりませんが、殺してはいけないと思っていた。あなたは人殺しだが、人間として最後の一線は守ろうとした。自首を勧める理由はそれです。あなたは人間として扱われなければならない。そう信じています」

純菜が何か言おうとしたが、そのまま黙った。何を言いたかったのかはわからない。知る必要もなかった。

そのまま家を出た。外は悲しいくらいに晴れていた。

3

そのままバイト先のコンビニに直行した。いろいろあったが、とにかく終わった。おれにはおれの生活がある。日常に戻らなければならない。

スーツ姿のおれを見て、バイトたちが少しざわついたが、どうでもよかった。六時まできっちり働き、家に帰った。健人が待っていた。

「まだ明るい。帰ってくるには早すぎないか」

もっと遊んできてはどうか、と言った。そのつもりだったんだけど気になってさ、と健人がおれを見た。

「何が?」

「今日、いろんなことが終わるって言ってたよね。終わったの?」

健人の視線はまっすぐだった。おれはうなずいた。

「終わった」

「もう何も起きない?」

「起きない」

それならいい、と健人が椅子から降りた。プリンにご飯あげてくる、とリビングを出ていく。

すぐ夕飯だ、と声をかけたが、返事はなかった。

おれは夕食の支度を始め、もろもろ準備が整ったところで健人を呼んだ。並んでカレーを食べた。会話はなかった。

こんなものだ、と思った。これがおれたちの暮らしだ。

少し退屈で、何の変化もなくて、でも二人でいることにさしたる不満はない。それでよかった。

食事を終え、後片付けを始めると、健人はどこかへ行った。プリンと遊ぶのか、テレビを見るのか、ゲームでもするのか、それは知らない。

健人には健人の生活がある。親子でも立ち入ってはいけない領域だ。

その後、少し寝た。さすがにちょっと疲れていた。起きると夜中の三時だった。ベッドから抜け出し、服を着替えた。夜はおれの時間だ。家を出て、吉祥寺の町へ向かった。

チャチャハウスはいつも通りだった。店に入ると知っている顔が揃っていた。泉ちゃんが文庫本から顔を離して、おれに笑いかけてくる。

その他の連中と挨拶を交わしてから、カウンターのいつもの席に座った。マスターが無言のまま灰皿を出してくれた。

「川庄さーん、飲んでる？」

京子ちゃんが甲高い笑い声を上げながらしなだれかかってきた。まだ飲んでませーん、と答えたおれの前にウーロンハイのグラスが置かれた。

「牛丼、おごられそこなった」

京子ちゃんが小声で言った。そんな約束をしていたっけ。悪い悪い。

「元気ないね」

「そうでもないけど」

「あたしでよかったら、慰めてあげるよ」

京子ちゃんの大きな顔が迫ってきた。目をつぶって唇を前に突き出している。結構です、とおれは顔を背けた。

「純菜さんのこと？」

京子ちゃんが目を開けた。さすがだ、なかなか勘が鋭い。

京子ちゃんが手を重ねてきたが、それは放っておいた。それ以上何もしてこようとはしなかった。しばらくそうして過ごした。

女はわからない、とおれはつぶやいた。そうね、と京子ちゃんがうなずいた。

「どんな女にも人には言えないことがある。男が知ったら頭がおかしくなりそうなことがね」

「力になりたいと思ったんだ」おれの口から勝手につぶやきが漏れ続けた。「本当だ。嘘じゃない」

「でも、別のことも考えてた」京子ちゃんがおれの頬に手を当てた。「川庄さんも男だからね。あんな女に頼られたら、その気になるのは仕方ないよ」

「下心なのかなあ……でも、そういうことなのかもしれない」おれは認めた。「そういう気にさせる女だったんだよ。人の女房だっていうのはわかっていたけど、踏み込んじゃいたいなって……いい女だと思った」

「惚れた？」

「……かもしれない」

「しょうがないね、男っていうのは」京子ちゃんがおれの肩を優しく抱いた。「だから言ってるの。女なんかやめなって。あたしの方がいいよって」

「そうかもしれない。少なくとも京子ちゃんの方が信用できる。世の中にオカマのニーズがあるのもわかるような気がする」

「どうする？　うちに来る？」

京子ちゃんがおれを見つめた。色っぽい目だった。いかん。

京子ちゃんは友達だ、とおれは言った。

「おれは友達と寝ない主義なんだ」

「格好つけちゃって。まあいいわ。傷心の男を口説いて落とすのはあたしの趣味じゃない。もっと正々堂々と正面から川庄さんを落としてみせる」

おれたちはグラスを合わせた。そんなかわいそうな川庄さんにいいことを教えてあげる、と京子ちゃんが含み笑いを浮かべた。

「何よ？」

「川庄さんの奥さんの話。あ、元奥さんか」

「うるさい」

「彼女、男と別れたらしいよ。離婚したんだって」

おれはグラスをカウンターに置いた。乾いた音がした。

「マジか」

「マジよ」

京子ちゃんがうなずく。由子の顔を思い浮かべた。未練があるのは認めざるを得ない。

いろいろ目移りすることはあっても、戻るところは由子だった。その由子が男と別れたという。驚くべきニュースだった。

「……おれにチャンスはあるのかな?」

「そこまでは知らない。自分で何とかしなさい」

「みんな、飲んでくれ」おれは店中の客に大声で言った。「おごらせてほしい。こんないい話を聞くのは中学二年のバレンタインデー以来だ」

拍手と歓声が起こった。アイスミルクをダブルで、と佐久間が渋い声で言った。その他の連中も好きな酒をオーダーし始めた。

おれは店で一番高いスコッチのロックを注文した。微笑んだマスターが酒の用意を始める。

離婚に乾杯、と叫んだ。客たちが、乾杯と唱和した。

飲め飲め、とおれは席の間を回り始めた。座ってなんかいられない。夜はこれからだ。

本作品は書き下ろしです。
作中に登場する人物、団体名はすべて架空のものです。

双葉文庫

い-38-07

消《き》えた少女《しょうじょ》
吉祥寺探偵物語《きちじょうじたんていものがたり》

2014年4月13日　第1刷発行

【著者】
五十嵐貴久《いがらしたかひさ》

【発行者】
赤坂了生
【発行所】
株式会社双葉社
〒162-8540 東京都新宿区東五軒町3番28号
［電話］03-5261-4818(営業)　03-5261-4840(編集)
www.futabasha.co.jp
(双葉社の書籍・コミックが買えます)
【印刷所】
慶昌堂印刷株式会社
【製本所】
株式会社宮本製本所

【表紙・扉絵】南伸坊
【フォーマット・デザイン】日下潤一
【フォーマットデジタル印字】恒和プロセス

落丁・乱丁の場合は送料双葉社負担でお取り替えいたします。
「製作部」宛にお送りください。
ただし、古書店で購入したものについてはお取り替えできません。
［電話］03-5261-4822(製作部)

定価はカバーに表示してあります。

ISBN978-4-575-51665-4 C0193
Printed in Japan